宵巫女の愛《あい》舞《ぶ》

花丸文庫BLACK

藍生 有

宵巫女の愛舞《あいぶ》　もくじ

イラスト／嵩梨《たかなし》ナオト

「申し訳ありません」

神島久則《かみしまひさのり》は頭を下げた。西日が眩《まぶ》しくてブラインドが下ろされたばかりのフロアはざわめいていたけれど、その声はよく通った。

「謝られてもなぁ」

所属するチームの主任が久則を睨《にら》む。

「この忙しい時期に、二日も休むって。何を考えているんだよ、お前は」

苛々《いらいら》した様子を隠しもせず、主任はペンを久則に向けた。

「休みはずらせないのか？　金曜は役員報告だぞ」

「すみません。どうしてもその日はお休みをいただかないと……」

明日から二日間、久則は有給休暇をとる。申請は先月に済ませてあった。木曜日と金曜日とはいえ、本来ならば仕事が一段落していて、なんの問題もないはずの日程だった。

久則は自動車メーカー、イハラ自動車の生産管理課に勤めている。乗用車の生産計画を担《にな》う部署で、久則は二カ月後に発売を控えた車種を担当していた。

イハラ自動車は中部地方に本社を置く大手だ。国内の工場は十二、内八つが県内に存在する。七つは本社周辺にあるが、一つだけ県西部、車で一時間半の距離に建っていた。久則が担当する車種はその工場で作られる。

金曜日の役員報告は、新車の生産時期を決める大事な会議だ。久則には、会議の結果を工場に伝えて計画通りに進められるか検討するという仕事がある。

だが今週だけは、どうしても休まなければならないのだ。

「ああ、神島はいいんだ」

横の島にいる課長が立ち上がり近づいてくる。

「なんでですか」

腑《ふ》に落ちないという顔をした主任が課長に食ってかかる。

チームのメンバーは、久則を入れて六人。その全員が自分を見ている。決して好意的とはいえない視線に晒されても、久則は俯《うつむ》かなかった。だって自分は、こうするしかないのだ。

「課長がそうやって甘やかすから、こいつが勝手なことするんですよ」

「そうは言っても、神島には事情があるんだから……」

久則が休暇をとる理由を知っている課長は、困った顔で主任を宥《なだ》める。

「部長も神島の休みを知ってる。許可されたことなんだから、な」

「……課長がそう言うなら」

不服そうではあるが、主任はそう言ってくれた。その肩を課長が軽く叩き、頼むよ、と言った。

「まったく、仕方がないですね」

主任は大きなため息をついた。久則は一礼して、自席に戻る。

フロアはまだ人がたくさんいてそれなりに賑《にぎ》やかだけど、久則がいる場所だけがやけに静かだ。沈黙に混じる刺々《とげとげ》しさにため息が出そうになる。

この状況は自分が招いたのだ。分かっていても空気の重さに耐えられず、久則は席を立った。

フロアを出てすぐのところにある、自動販売機の前に立つ。いつも飲むブラックの缶コーヒーを買おうとしたのに、間違えて隣にあるカフェオレのボタンを押してしまった。

まったくついてない。見慣れぬ缶を軽く振ってから、口をつける。ほんの一口で、甘さが体に染み渡った。

きっと今頃、チームでは自分のことを話しているだろう。会社員の立場から考えると、自分の振《ふ》る舞《ま》いが褒《ほ》められるものではないとは自覚している。だから何を言われても甘んじて受け入れるだけだ。

久則だって、好きで休むわけではなかった。できるならばちゃんと会議に出席したい。だがどうしようもない。神島という名字を名乗る以上、自分にはしなければいけない仕事がある。

それでもため息のひとつくらい出てしまう。

自販機の横にある大きな鏡に、スーツ姿の自分が映っていた。

真っ黒な髪は会社員にしては長めだ。同じように黒い目は切れ長というのだろうか。一言で言うと、とても和風な顔立ちだ。

「色々と言われてたね」

いきなり肩を抱いてきた男の姿が鏡に映り、久則は眉《まゆ》を寄せた。

「聞いていたのか」

「人聞きが悪いな。聞こえたんだよ」

久則の肩を揺らして笑うその男は、池森彰威《いけもりしょうい》という。久則と同じく入社四年目の二十八歳だ。隣の生産計画課で、開発部門と工場の調整を行うチームにいる。今は久則と同じ車種を担当していた。

池森はとにかく目立つ男だった。少なくともこのフロアにおいて、彼を知らない人間はいないだろう。

目鼻立ちがくっきりとした端整《たんせい》な顔立ちをしている彼は、いつでも笑みを湛《たた》えていて愛想が良いから、女子社員に大人気だ。気が回るしマメなので、上司や同性にも受けがいい。しかも彼はすらりと背が高くて引き締まった体をしていた。なにより腰の位置がとても高い。久則も小柄とはいえない身長だが、並ばれると腹立たしいくらい足の長さが違った。スーツの着こなしもさまになりすぎていて、どちらかといえば地味なタイプが多い部内では目を惹《ひ》く存在だ。

「で、どうしたんだ」

「何が？」

肩に置かれた手を払う。池森には、明日から休むことをもう話してあった。

「なんで休むんだよ」

久則から離れた池森は、自販機に小銭を入れた。ボタンを押し、出てきたブラックの缶コーヒーをとる。ただそれだけの動作なのに、ひとつひとつがやたらと気障《きざ》ったらしい。

「特に何も」

もう席へ戻ろう。池森に背を向けようとしたら、また肩に手を回された。

「嘘つくなって。お前みたいに生真面目な男が大事な会議を休むんだ。理由があるに決まってる」

「……しつこいな」

久則は池森のなれなれしさが苦手だった。他人に対しての距離感が近すぎるのだ。少なくとも久則は、家族にだってこんなに体を近づけて喋《しゃべ》らない。

彼の腕から抜け出し、フロアへ戻ろうと歩き出す。

「教えてくれたっていいだろ。お前がいないと俺んとこも大変なんだけど」

池森の台詞に足を止める。お互いの仕事には共通点が多く、出る会議はほぼ一緒だ。休暇中は彼に迷惑をかけてしまうのが分かっているだけに、強く出られなかった。

「そうだな。会議の議事録も書いてもらわなければ」

「任せとけって。……で、なんでその日に休むの」

何がそんなに気になるのか、池森はしつこく聞いてくる。仕方なく久則は答えることにした。

「実家に帰る」

「……実家？　お前の実家って、あの工場から見える島だろ」

池森はゆっくりと瞬いた。

「そうだ。よく覚えていたな」

出身を聞かれると、久則は県西部、イハラ自動車最大の工場がある市だと答えている。嘘でない。ただ久則が生まれ育ったのは市の中心部ではなく、工場がある郊外の港から更《さら》に船で二十分の距離にある離島だった。

詳しく聞かれない限りはそこまで答えないから、そのことを知っているのは、一部の上司と同期の数人だけだ。池森には、入社時の研修で話したきりのはずだ。

「珍しいからね、覚えてた。へぇ、いいな」

池森が缶コーヒーを口に運んだ。楽しそうな口振りに眉を寄せる。

「よくはない。実家で大切な集まりがあって、どうしても出席しなければならないだけだ」

久則はカフェオレを口に含んだ。今度は甘さを持て余した。缶を軽く振ってみる。まだ半分以上も残っているが、飲めるだろうか。

「へぇ……。それだけ？」

「ああ」

頷《うなず》くと、池森は拍子抜けしたと言わんばかりに肩を竦《すく》めた。

「なーんだ。なんか思い詰めた顔をしてるように見えたから、もっと大変なことかと思ったよ。ただの帰省か」

一体、自分はどんな顔をしていたのだろう。彼に言われるほどひどい表情をしていた自覚がなかった。

だが実際に気鬱《きうつ》なのは確かだ。ただの帰省とも言い切れない。しかしそれを池森に詳しく説明する必要性もなかった。彼には関係ないことだ。

「もし何かあったら連絡をくれないか」

「了解。あ、島は携帯が通じる？」

にやにやと笑う池森を軽く睨む。

「馬鹿にするな。どこでも普通に使える」

小さな島ではあるが、神島は観光地としても有名だ。携帯電話もちゃんと通じる。

「それは失礼」

肩を竦《すく》めておどける、芝居がかった仕草を無視して、池森に背を向けようとした。

「お、ちょっと待て」

池森の左手が、久則が手にしていたカフェオレを奪う。

「おいっ」

「はい、これ」

差し出されたのは、彼が飲んでいたブラックの缶コーヒーだ。

「甘いのが飲みたくなったんだよ。いいだろ。お前にはこれ、あげる」

「は？」

勝手に飲み物を入れ替えられて目を丸くする。

「俺と間接キス、したいだろ」

真顔で言い放った男が信じられず、思わず凝視してしまった。間接キスだと……？

「そんな訳があるか！」

遅れてきた怒りのあまり、手にしていた缶を落としそうになった。

「怒るなって、冗談だから」

池森はカフェオレに口をつけ、じゃあな、と席へ戻っていく。その気ままさについていけず、久則はしばらく立ち尽くした。

手にした缶コーヒーを見る。それはいつも久則が飲んでいるものだった。池森に押しつけられたが、捨てるのももったいない。

口をつける。普段と同じ味にほんの少しだけほっとした。

久則が一人暮らしをしている部屋は、会社から車で十五分の距離にある。駐車場付きの五階建てマンションだ。

去年までは会社の古い独身寮に住んでいたのだが、建て替えで退去を言い渡されてこのマンションへ引っ越してきた。部屋は四階の角部屋だ。

スーツを脱いでハンガーにかけてから、帰省の荷物をまとめる。食事は夜もやっている会社の食堂で済ませてあった。

実家にはまだ久則の部屋があり荷物も置かれているので、持っていくのは着替えと移動中の時間を潰《つぶ》せる本くらいのものだ。読みかけの文庫を手にとる。島に着いたら実家の手伝いで忙しくなるから、これ一冊で充分だろう。

久則が生まれ育ったのは、神島という名の離島だ。観光と漁業で成り立つ、島民が一万人にも満たない小さな島だった。

神話の頃からあるとされる島は、海の守り神が住むとされている。その神様を祭った神社を代々守っているのが、神島家だ。

久則は神島家の長男であり、神島神社の権禰宜《ごんねぎ》でもある。権禰宜というのは、神社における職階のひとつで、会社でいうと一般社員に当たる。

神職資格は大学入学後に休学し、養成所で学ぶことで得た。普段は会社員として働いているが、神社の仕事もできる限り行っている。

明後日は、神島神社にとって特別な、神様が自分の住まれる場所として神島を作ったと伝えられている日だ。神社では最大の祭祀《さいし》である例祭《れいさい》を行うことになっている。

年に一度、島で最大の祭りだ。いくら会社が忙しくとも、久則にとって優先すべきはこの例祭だった。

荷物を作り終えると、布団を敷いた。幼い頃から布団で寝起きしているせいか、未だにベッドというものに慣れない。

あとは風呂に入って寝るだけだ。湯が溜まるのを待っていると、携帯電話が着信を告げた。妹の寿子《ひさこ》からだ。

「お兄ちゃん？」

出るなり、寿子の高めの声が耳に飛び込んでくる。彼女は大学四年生で、今は都内の大学に通っていた。

「どうした、寿子」

久則と寿子は仲が良かった。島にいた時は勉強を教え、久則が大学進学のため上京してからは寿子がよく遊びにきた。六歳という年齢差があるせいか、喧嘩《けんか》をしたこともない。

「お兄ちゃん、……ごめんなさいっ」

震える声で、寿子はごめんなさいと繰り返した。

「なんだ、いきなり。何をしたんだ？」

謝られる理由が分からず、首を傾《かし》げる。

「実はね……怒らないで聞いて欲しいんだけど」

そこで寿子は言葉を切り、黙った。

「……寿子？」

沈黙が続く。寿子の様子がおかしい。いつも明るくておしゃべりな彼女に何があったのだろう。

「どうしたんだ？　とにかく、話してみろ」

優しく促《うなが》すと、小さな声が返ってきた。

「……で、きた……の」

「ん？　何ができたんだ」

よく聞こえなくてそう返すと、だから、と寿子が大きな声を上げた。

「子供ができちゃった」

「……は？」

思わず変な声が出る。

「だから、……妊娠、しちゃったの」

消え入りそうな声が告げた内容を、久則はすぐには理解できなかった。

子供が、できた。寿子に、子供が。

「——なんだと」

やっと内容を理解し、つい大声が出る。携帯を落としそうになり慌てて握り直した。

「お前、それは……」

続く言葉が見つからなかった。

明後日から行われる例祭の夜には、神島家の者が巫女となり神様と契《ちぎ》るという神事がある。巫女は神様をお迎えするために舞い、同じ床につかなければならない。巫女は神島家の血を引く者という決まりがあるから、明日も当然、寿子が務《つと》めることになっていた。

「母さんには話したのか」

「……まだ」

消え入りそうな声が返ってくる。

神島家は基本的に女系継承のため、現当主は母親だ。神島神社の長である宮司《ぐうじ》は父だが、婿養子で母には逆らえなかった。

「明日帰ったら、お母さんに話す……」

「そうか。そうだな」

母のことを考えると自然と背筋が伸びる。

ここまで話したところで、久則は相手の男について聞いていなかったことに気がついた。

「寿子。お腹《なか》の子の父親は、その……重利《しげとし》さんではないな？」

「……重利さんとは、そんなんじゃない、よ……」

重利とはいうのは、寿子の婚約者だ。寿子より十歳年上で、代々神島神社の氏子《うじこ》総代《そうだい》を務める家の孫に当たる。今は島内にある市の出張所に勤めていた。久則も子供の頃から知っているが、みんなのまとめ役で頼れる存在だった。

寿子の卒業後、二人は結婚する。寿子がまだ子供の時に決められた約束だった。

「そうか。……そうだよな」

真面目という言葉がよく似合う重利が、結婚前に寿子に妊娠させるとはとても思えなかった。

「私ね、全然、気がつかなくて。今日病院で分かったの。もう、三カ月、だって」

寿子の声は震えていた。どうしよう、と続く言葉に久則は何も返せなかった。携帯を持つ手に力がこもる。

「とにかく例祭は、お兄ちゃん、代わって」

「……ああ、分かってる」

身ごもった状態では、巫女を務めることはできない。そうなると代わりは、久則しかいなかった。巫女は女性が原則だが、神島の血を引く者であれば男でも問題ないとされている。現に寿子が高校生になるまでは、久則が巫女をしていた。寿子と交代してからも、練習には付き合っている。当然、舞は覚えていた。

「気をつけて帰るんだぞ」

久則はそれしか言えなかった。巫女を務めるつもりがなかっただけに混乱していた。

「うん。……ありがとう」

おやすみ、と言って寿子が電話を切った。

携帯電話をじっと見る。今の電話は現実のものだろうか、とぼんやりした頭で考えた。まだ子供だと思っていた妹が妊娠した。しかも父親は婚約者ではないときている。そういえば、驚きのあまり子供の父親が誰なのか、聞くのをすっかり忘れてしまった。

頭に手を置いた。いきなりすぎて何がどうなって、どうすべきなのかがさっぱり分からない。

気持ちを落ち着かせようと胸に手を置く。とにかく、巫女役は自分がやるしかないだろう。舞をきちんと踊らなくてはならない。練習も必要だ。

久則は肩を落とした。帰省がいっそう大変なものになってしまった。

神島へ向かうフェリーは、朝、昼、夕方、夜の一日四本ある。

久則が乗ったのは、昼の便だった。車が十五台ほどしか載《の》らない小さなフェリーは、十二時ぴったりに出港する。

一時間前にフェリーターミナルに到着し、真っ先に船へ車を載せた久則は、階段を上がって客室へ向かった。

進行方向に向かって椅子が並んでいる。まだ人は多くない。階段近くの三人掛けに腰を下ろすと、久則は窓の外、雲ひとつない空を見上げた。いい天気だ。

少しずつ乗り込んでくる人が増える。席の半分ほどが埋まった頃、出発のアナウンスが流れた。少しして、ゆっくりとフェリーが動き出す。

数分で右側にイハラ自動車の工場が見えてくる。専用の港もある広大な敷地は、そもそも神島家が所有していたものだ。

イハラ側に土地売買を持ちかけられたのはまだ久則が生まれる前だと聞いている。神島家は、その場所は神様が本州に行かれる際に通られる場所だから、と断った。それでもイハラ側からどうしてもと請《こ》われた上、県や市からも売却してくれと頼まれた祖母は、工場内に神社を作ることを条件に土地を売却した。

だが工場は建設業者の事故から始まり、操業開始直前の小火《ぼや》など、トラブルが絶えなかった。出荷用の船が座礁《ざしょう》して、多大な損失を被《こうむ》ったこともあるそうだ。

あまりに難が続くので祖母が調べてみると、約束していた神社は途中までしか作られていなかった。祖母はイハラ側に抗議し、改めて神社を作り奉斎《ほうさい》したところ、ぴたりとトラブルは無くなった。イハラは神島家に対して非礼を詫《わ》び、今後も神社の管理を頼んだらしい。

現在も工場には小さな神社があり、神島家が宮司を務めるという形をとっている。神島家とイハラ自動車にはそういった繋《つな》がりがあったため、久則はイハラ自動車へ就職することになった。本当はそのまま大学に残って研究を続けていたかったのだが、神島家の特殊性を考えるとこうするのが最善策だと思われた。

今でも工場での事故や災害時には、お祓《はら》いを頼まれることがある。神職を務めながら仕事をするのは時間的にも精神的にも大変だが、もう慣れてきた。例祭だけでなく、実家が忙しい年末年始にまとまった休みがとれる現在の職場は、とてもありがたい。

ただこの環境を、久則はあまりおおっぴらに知られたくはなかった。そのため課長を含めた上司や会社側には、神職について話さないで欲しいとお願いしてある。大事な時に休む奴だと思われても、神職なのだと特別視されるよりずっといい。

子供の頃からずっと、島では特別な目で見られてきた。離れた今くらい、自由でありたい。久則が願うのはそれだけだ。

フェリーが進み、工場が遠ざかった頃、左側に神島が見えてくる。

緑豊かな小島は、かつて島自体が信仰の対象だったと聞く。今でも見ているだけで気持ちが落ち着く効果があると久則は思っていた。

「おや、久則ぼっちゃん」

声をかけてきたのは、父の友人であり、神島内にあるイハラ自動車の保養施設の管理人だった。もういい年なのに、昔からの習慣のせいか今も久則をぼっちゃんと呼ぶ。

「お久しぶりです。すっかりご無沙汰《ぶさた》して」

「いやぁ、誰かと思いましたよ。今日お戻りでしたか」

はいと頷く。すると会話を聞いたのか、少し先の椅子に座っていた女性が振り返った。

管理人の奥さんだ。

「お帰りなさい。久則さんが帰ってくると、いよいよお祭りって気がするわね」

島民にとって、明日の礼祭は一大行事だ。島で行われるほぼ唯一の娯楽と言ってもいい。

「今年もよろしくお願いします」

頭を下げる。例祭は島民の協力があってこそできるものだ。

明るい日差しが海を照らす。きらきらと輝く水面を眺《なが》めている内に、島が近づいてくる。

港の向こうに、赤い鳥居が見えた。

　ああ、帰ってきた。この風景を見る度《たび》に久則はそう思う。

「おっ、そろそろ着きますな」

　ターミナルと呼ぶのもはばかられる、二階建ての建物だけの簡素な港にフェリーが到着する。船体がどんと揺れた。

　管理人と共に立ち上がり、階段を下りる。

「神島さんとこのお兄ちゃんじゃないか」

　車に乗り込む直前にも声をかけられる。にこにこと笑っている中年の男性は誰だったか。見覚えがあるから島の人には間違いないだろう。

「こんにちは」

　頭を下げてから、記憶の中の顔と名前を一致させる。そうだ、同級生の伯父《おじ》だ。

　島の人々は皆、幼い頃から久則のことをよく知っている。こうして声をかけられるのも珍しくはなかった。知らない顔をするなど失礼だから、一度会った人は必ず覚えるように心がけていた。

「お祭りの準備かい？」

「はい。今年もよろしくお願いします」

　フェリー甲板の扉が開く。一礼して車に乗り込んだ。

　ゆっくりと船から降りる。港の人々の前を通り過ぎる時にも頭を下げ、突き当たりの信号を左に曲がった。

海に沿った、片道一車線の県道を進む。島には三階以上の建物がない。最も高い場所にあるのが、高台の神島神社だ。

車がすれ違うのもやっとの道を進む。信号などない。五分も走らせると、赤い鳥居が見えてきた。木々の密度が増す中を進む。人の姿も車も見えない。

神島神社は、約千年の歴史を持つ。国譲り神話で隠退《いんたい》した神様が鎮座《ちんざ》したとされている島で、海上を初めとした交通安全にご利益があった。島周辺の波はいつも穏やかで、フェリーや漁船の事故は起こっていない。島内では車の事故もなかった。

神社の関係者用ではなく、裏にある実家の駐車場へ車を停《と》める。ドアを開けると、風が吹いた。鎮守《ちんじゅ》の森が、まるで久則を迎えてくれているかのように揺れた。

時計を確認する。十二時半。昼休みは十三時からだから、家族はまだ神社側にいるだろう。荷物を手に、まずは実家ではなく、歩いて二分のところにある社務所《しゃむしょ》に顔を出した。

「おお、久則。おかえり」

「ただいま戻りました」

迎えてくれたのは、久則と似た顔をした父親だった。

「母さんはいる?」

まずは明日の巫女舞について打ち合わせておきたい。それには母と話すのが一番だ。

「家にいなかったか？　寿子といるはずだが」

「いや、こっちにいるかと思って家にはまだ行ってない。そうか、寿子はもう着いているんだ」

昼の便には乗っていなかったから、夕方の便で来るのかと思っていた。都内から来て朝一のフェリーに乗るなんて、一体どんな交通手段を使ったのだろう。車でならば可能だが、寿子は免許を所持しているもののほとんど運転をしていないし、車も持っていない。

「寿子は朝の便で来たよ。……お前、話を聞いているか？」

父親が声をひそめる。その様子からして、寿子は両親に妊娠を告げたのだろう。

「昨日、電話で少しだけ」

「そうか。いや、参ったな」

頭をかいた父は、目線を自宅へ向けた。

「寿子が帰ってくるなり話があると言って、何かと思ったら子供ができたって話だろう。まだ大学生だというのに……。例祭もどうするつもりなんだか」

「今回は俺がやるしかないよ。……そろそろ巫女姿が厳《きび》しいんだけど」

寿子の代わりを務める場合、久則も巫女の装束《しょうぞく》を身に付ける。子供の頃ならともかく、あと二年で三十歳になるという身で女性用の装束というのは、さすがに抵抗があった。

「仕方がないさ。今うちは、寿子とお前しか巫女舞ができないのだから」

　母は数年前に膝《ひざ》を痛めて以来、舞を踊れなくなった。久則だって、練習以外で踊るのは久しぶりだ。最後に例祭で巫女役を務めたのは、寿子が中学生の頃だからもう七年も前だ。

「分かってる。……ちょっと、母さんと寿子の顔を見てくるよ」

　父に言い、家へと向かう。社務所の裏口から見える平屋が神島の家で、現在は父母二人だけが住んでいる。

　玄関のドアには鍵がかかっていなかった。

「ただいま」

　声をかけるが返事はない。玄関には母と、寿子のものらしい靴がある。

　廊下を進んだ先にある居間には誰もいなかった。その奥にある和室から、母親の声がする。

「……ただいま戻りました」

　荷物を廊下に置いてから、久則は和室の戸を開けた。

「おかえり」

　母がこちらを見ずに言った。視線の先は、正座して俯いている寿子だ。

「お兄ちゃん……」

　顔を上げた寿子は、涙を浮かべていた。

　妹という贔屓目《ひいきめ》を抜いても、寿子は美人の部類に入ると久則は思っていた。気の強そうな顔立ちは、島内一の美女と評判だったと聞く母親によく似ている。

「久則、こちらへ」

ぴんと背筋を伸ばしたまま、母が久則に目を向けた。

「はい」

言われるまま、寿子の隣に正座する。近くで見ると、寿子の目が真っ赤になっているのが分かった。

「その様子では、話は聞いているようね」

「……はい」

嘘をついても仕方がないので頷いた。母が大きなため息をつく。

「まったくどうなっているのかしらね。寿子は大学生なのよ。それが妊娠しただなんて……、もう、どう説明すればいいの。恥ずかしいわ」

「ごめんなさい……」

嗚咽《おえつ》を上げながらも寿子は頭を下げた。肩が震えている。

「しかもこの子、相手のことを言わないのよ。まったく、どこの誰との子供なんだか。本当に情けない」

母は声を荒らげていなかった。ただ淡々と喋っている。それがかえって恐ろしい。

「あなたは神島神社を背負う娘なの。それなのにこんなことをして」

「ごめっ、なさいっ……」

寿子の嗚咽を聞いていられない。その場に崩れた妹が心配で、久則は助け船を出した。

「母さん、今はこれくらいにして……」

「何を言ってるの。全く、あなたも神島家の者としての自覚が足りないわね」

母は鋭い眼差しを久則に向けた。

「この島を守ることは、神島家の義務なの」

「分かっております」

母の冷やかな目に耐えきれずに俯く。頭では分かっている。だけど目の前で苦しそうに泣いている妹を放ってはおけなかった。

「大丈夫か？」

「う、ん……お兄ちゃん、……」

しゃくり上げた寿子に手を伸ばそうとしたが、母の視線にたじろぐ。母から滲《にじ》む爆発寸前の怒りを感じ取り、久則も背を丸めた。

「ちょっといいか」

ぴんと張り詰めた空気を破ったのは父親だった。

「そろそろ昼にするぞ。お前たちもとりあえず食べてからにしろ、な」

「そうね」

母親が音もなく、無表情で立ち上がる。

「とにかく、落ち着いたらちゃんと話しなさい」

それだけ言い残し、母親が和室を出て行った。

「寿子もほら、行くぞ」

父が寿子に声をかける。しかし寿子は要らないと首を横に振った。父はため息をひとつついてから、久則に目を向ける。

「久則はどうする？　食べるか？」

「今はいらない」

朝食がいつもより遅かったから、まだ空腹ではなかった。そしてなにより、今は寿子を放っておけない。ちらりと視線を向けると、寿子は体を丸めていた。

「そうか。……頼むぞ」

最後の一言は、寿子のことだろう。黙って頷くと、父は静かに部屋を出た。

「寿子」

改めて寿子に手を伸ばし、今度こそ触れる。肩に置いた手から震えが伝わってきて、久則は唇を噛《か》んだ。なんと声をかければいいのだろう。すぐに思い浮かばない自分が情けなくなる。

「部屋に行こう。少し休んでいなさい」

黙って頷いた寿子に手を貸し、立ち上がらせる。廊下に置きっぱなしだった荷物を手に自宅を出た。

久則と寿子の部屋は、平屋の自宅の脇にある離れにある。項垂《うなだ》れている寿子を抱え、等間隔に敷かれた石を踏んで離れへ向かった。

寿子に何か言葉をかけようと思うのに、うまく声を出せなかった。ただ震える体を宥めるように撫《な》でてやるのが精一杯だ。

そのまま離れのドアを開ける。親族用の住居だった離れは、部屋数も多い上、一通り生活できるようになっている。入口そばの、六畳の和室二部屋が久則、奥の狭い和室とリフォームされた洋室が寿子の部屋だった。他の部屋は来客用だ。

自分の部屋を素通りし、寿子の部屋のドアに手をかける。

「開けるぞ」

寿子に断ったものの返事はない。構わずドアを開けた。妹の部屋に入るのは久しぶりだ。

「……ごめんね、お兄ちゃん」

涙を拭いた寿子が畳の上にへたり込んだ。

「明日は俺が代わりを務めるから、心配しなくていい」

「もう、……大丈夫だから。……ありがとう、……」

とても大丈夫とは思えない声でそう言って、寿子が両手で顔を覆《おお》う。その頭をそっと撫でた。子供の時、寿子が泣いたらこうして慰《なぐさ》めたことを思い出しながら。

「とにかく、休んでなさい」

立ち上がり寿子の部屋を出る。ドアを閉める前に確認したが、寿子は俯いたままだった。丸まった背中から、憔悴《しょうすい》した様子が見て取れる。こんな状態で、寿子を一人にしておいていいだろうか。

心配しつつも、何をすべきか分からなくて、久則は寿子の部屋から離れた。廊下を静かに歩き、自室の部屋の引き戸を開ける。

ほのかにい草の香りがする和室は続きの二部屋で、仕切りになっている襖《ふすま》が全開のため広く見えた。母か父が風通しをしてくれたのだろうか、空気はこもっていない。

一応、奥の部屋が寝る場所と決めてある。今は布団が用意されていた。定期的に帰ってきているので、懐かしいという感覚はない。机や本棚といった家具も置いたままだ。本棚には、高校時代に使った参考書が並んでいる。

「……疲れた」

荷物を部屋の隅《すみ》に置いてから、大きく伸びをする。肩が鳴った。馴《な》らすように軽く腕を回してから、部屋に用意されていた白衣《びゃくえ》と浅黄《あさぎ》色の袴《はかま》を手にする。これから例祭の支度《したく》だ。

離れを出て、自宅ではなく社務所に向かう。神社の境内《けいだい》にはたくさんの人がいた。明日の準備が始まったようだ。反《そ》りのない屋根の本殿と拝殿《はいでん》の目の前では、氏子の人々が仮設舞台を組立てていた。

釘《くぎ》を打たずに作る四角い空間を眺める。明日はまずこの舞台で、巫女の姿をして島民の前で舞うのだ。そう考えると緊張に胸が苦しくなった。

「お、久則くん」

組立てを見守るように立っていた、作業着姿の男が振り返る。

「重利さん」

寿子の婚約者の重利だ。笑顔で近づいてきた彼の、がっしりとした体を見上げる。目も鼻も口も大きい彼は、人懐っこい笑顔を浮かべて久則の肩を抱いた。

こんなに距離が近い人だっただろうか。肩に置かれた手に戸惑《とまど》う。

「ご無沙汰しております」

久則はぎこちなく笑い返した。池森と同じような近さだ。黒々とした目は瞬きを忘れたように久則を見ている。

「おかえり。仕事はどうだい」

「なんとかやってます。重利さんもお元気そうで」

体をずらして彼の腕から逃れる。重利も追ってはこなかった。ここが池森とは違うところだ。そう考えてから、無意識に池森を基準にしている自分に気がついた。慌てて思考回路から、いつも笑っている男を追い出す。

「まあ、ぼちぼちだよ」

そう答えてから、重利は頭をかいた。彼が島の出張所に勤めて十年になる。昇格したら神職の資格をとるのだと聞いていた。

「ところで、寿子も帰ってきてると聞いたんだけど」

「え、ええ」

妹の名前が出て、わずかに声が上擦《うわず》った。重利は久則を見つめ、その、と続けた。

「後でお邪魔するよ。最近、連絡しても繋がらなくて心配してるんだ」

重利は少し困ったような顔をした。

「ええっと、今日は、その……あまり体調が良くないみたいなので……」

その場しのぎのごまかしなどよくないと分かっている。だけど事実を告げるわけにもいかず、久則は語尾を曖昧《あいまい》にした。

重利への説明は、神島家の代表として母がするはずだ。自分が余計なことを言って混乱させるのは避けたい。

「そうか。じゃあまた明日にでも顔を出すよ」

「……はい」

重利が寿子の妊娠を知ったら、どんな反応をするのだろう。想像するだけで、胃の辺りがきりきりと痛む。

女系継承のため、神島家の後継ぎは寿子だ。その婿に重利が決まったのは、寿子の七五三が終わった頃だった。

きっかけは、寿子が小学校の帰り道で犬に追いかけられ怪我《けが》をしたことだ。近づいてくる犬に怯《おび》える寿子を助けてくれたのが、当時高校生の重利だった。泣いていた寿子を宥めながら犬から離し、傷を簡単に手当てした上で、家まで連れ帰ってくれた。その時によほど怖い思いをしたのか、寿子は今も犬が苦手なままだ。

親切な重利をまず気に入ったのは母親だった。お礼だと食事に呼ぶことから始まり、今ではすっかり息子扱いしている。

「また後でな」

「ええ」

組立て作業中の舞台へと戻った重利を目で追う。力仕事を任されている若手の氏子に声をかけた彼が、舞台を指差して何かを言っていた。

よく見れば、舞台の準備がかなり進んでいる。久則は足早に社務所へ向かった。

「これから支度します」

食事中の両親に声をかけ、潔斎所《けっさいしょ》という札がかかった風呂に入る。丁寧《ていねい》に体を清め、最後に冷たい水をかぶって雑念を払った。

改めて下着を身に付ける。白衣に袖を通しただけで引き締まった気持ちになった。浅黄色の袴を穿《は》いた頃にはすっかり、心身ともに神職モードに切り替わっていた。

昼食を終えた父と、拝殿の掃除をする。久則は例祭時のみ使う、奥拝殿を清掃した。六畳ほどの狭いスペースで、ここに神島家の血を引かない父は入れないのだ。

明日の夜はここでも舞うことになる。また緊張が襲ってきて、久則は無言で清めた。終わると拝殿にいる父を手伝う。二人とも口数が多い方ではないので黙々と掃除が進んだ。

「後は明日だな。よし、水を張ろう」

父に言われ、手水《ちょうず》の桶《おけ》に水を張っておく。桶は乾燥していると継《つ》ぎ目から水が漏《も》れてしまうので、前日からの準備が必須だ。

手が空いたので、母や氏子の女性たちが明日の準備をしている社務所の厨房《ちゅうぼう》に顔を出した。大型の冷蔵庫にコンロ、作業スペースがある広い厨房では、直会《なおらい》などの用意や、まかない作りが行われる。

「じゃあこれ、お願い」

母に言われ、黙々と続く作業を手伝う。島の和菓子店から届いた餅《もち》を二つ重ね、榊《さかき》の葉を載《の》せる。麻紐で結んだら、お供《そな》え餅の完成だ。例祭でお供えした後はお礼として氏子の島民に配るため、数百個を作らなければならない。

一通りの準備を終え、手伝いの方々に食事をとってもらった後、父母と三人で夕食をとる。豆腐をメインにした質素な料理だった。斎戒《さいかい》のため、肉類は口にしない。寿子は食事の席に顔を見せなかった。母も父もその点に触れないので、久則も何も聞かないでおく。

神社の食事は静かで早い。食事を終え片付けをしてから、明日の流れを再確認する。今日中に行うことがないことを確かめてから、久則は母に巫女舞の復習をお願いした。

「そうね、久しぶりだから練習が必要だわ」

母も了承し、社務所の和室で動きを見てもらうことになった。衣装は普段の白衣と浅黄の袴のまま、練習用の榊を用意する。

最後に舞ったのはちょうど一年前、寿子の練習に付き合った時だ。万が一にも間違えることがあってはまずい。本来ならば、巫女舞は真剣に毎日稽古《けいこ》して舞わねばならぬものだ。代役だからという言い訳は許されない。

練習用のCDをセットし、畳の上で榊を水平に持った。一礼して笛の音を待つ。視線と意識は前へ。

笛を合図に足を母のいる正面へと進め、琴の音が入ると拍子をとる。歌はない。膝を曲げて体を沈める。右足を引き、左足に体重をかけて両手を下から上へと広げた。右手に榊を持ったまま左手を斜め上に向け、上下させる。同時に体を時計回りに動かす。何も考えず、無心で両手を前に出して一礼する。

同じことを左右反対、反時計回りにして繰り返し、正面に榊を持って一礼する。これが基本の舞だ。

深く息を吸って吐く。舞を忘れていなかったことにほっとした。

「ちょっと左腕を上げすぎね」

母の声で現実に引き戻される。忘れていなかったというだけで気を抜いてはいけない。姿勢を正して母を見た。

「右と揃《そろ》えるように。それと全体的に少し早いわ」

「分かりました」

母に指摘された部分を意識して、最初から舞い始める。手の位置、角度、どうしても急《せ》いてしまうくせをどうにか押さえた。

「歩く時に肩が上がり過ぎているわ。もう一回」

何度も繰り返し、体に舞を覚え込ませる。何も考える余裕はなかった。ただひたすら、神に捧《ささ》げる場面をイメージして体を動かす。

練習を続ける内に汗が滲んでくる。それでも休まずに舞い続けた。

「いいわ。明日はその拍子を忘れないように」

母がそう言ってくれたのは、通しで十回以上は舞った後だった。

「お疲れ様。ここは私が片付けておくから、あなたはゆっくり休みなさい」

「はい、ありがとうございます」

頭を下げて場を辞す。片付けは母がしてくれるというので任せた。

汗を拭《ぬぐ》い、社務所を出て自宅へ向かう。体はすっかり熱くなって、夜風の冷たさも気にはならなかった。

「お、終わったか。お疲れさん。風呂が沸いてるぞ」

自宅にいた父は既に風呂上がりらしく、わずかに髪が濡《ぬ》れていた。

「じゃあ入ってきます」

脱衣所で袴と白衣を脱いで畳《たた》む。

自宅の風呂は、総檜《ひのき》の立派なものだ。離れにある古い風呂よりも久則はこの風呂が好きだった。

体を洗ってから、ゆっくり湯船に浸かる。湯船は広く、久則が手足を伸ばしてもまだ余裕があった。

湯気の中、何度も舞を復習する。手を伸ばしてその角度に悩む。

毎日練習している専門の巫女と違い、久則にはブランクがあるだけに悩ましい。

気がつけばかなりの時間が経っていた。頬《ほお》が熱い。のぼせた顔を冷たい水で洗う。

「お先でした」

風呂を出ると母親と顔を合わせた。頭を下げてから、用意してあった寝巻に着替える。

明日に備えて早く寝るため、離れへ向かった。真っ暗だ。鍵を開けて廊下の電気を点ける。自分の部屋を通りすぎ、奥の寿子の部屋をノックした。

「寿子」

返事はない。だが人のいる気配はする。

「何かあったら、すぐに呼んでくれ」

それだけ言って、自室に戻った。

布団を敷いて、横になる。島の夜は静かだ。寿子の部屋からも物音はしない。

目をつぶる。頭の中で舞を確認する内に、引きこまれるような眠りが久則を包んだ。

神社の朝は早い。

鳥の声と共に久則は目を覚ました。窓の外はまだ薄暗いが、空気が澄んでいるのを感じる。

静かに起き、布団を畳む。離れの洗面所で顔を洗って身だしなみを整える。寝巻から動きやすいシャツとパンツに着替えた。

まだ早いから、寿子を起こすのは後にしよう。そう決めて、離れを出た。

星が見えなくなるくらい色を薄くした空と、夜を煮詰めたような色の海との間に、オレンジの光が見え始める。そろそろ日の出だ。

石をゆっくりと踏んで、自宅へと向かう。今日はずっと晴れるはずだ。例祭の日は雨が降らない。

「おはようございます」

「おはよう」

台所で母が食事の準備をしていた。出来上がったものからテーブルに移動させる。茶碗も皿も三人分だ。母は寿子を起こす気がないのだろう。

「いただきましょう」

母が新聞を読んでいた父に声を書ける。三人で朝食をとった。

会話もなく両親と静かで素早い食事を終えると、各自の仕事にとりかかる。久則はまず氏子の魚屋に頼んでいた、お供えの鯛《たい》を取りに行った。車で往復十分の距離だけど、魚屋の主人に話しかけられて結局三十分以上かかってしまった。

「遅くなりました。お願いします」

鯛を麻紐で結ぶのは母に任せた。

体を清めて着替え、ご神前にお供えする神饌《しんせん》物を用意する。神島でとれた作物に海産物、酒といったものは神社で用意するのが習わしで、昨日の内に父が島を一周して仕入れてあった。そこへ麻紐で結んだ鯛を加え、神前に供える。

祝詞《のりと》を奏上《そうじょう》して朝拝《ちょうはい》を終えると、次は境内の掃除だ。境内から鳥居の外へ向かって掃き出す。その内に一般的な業務を行う巫女や島外から手伝いにきてくれた神職が手伝ってくれるようになる。

忙しい時期だけ来てくれる神職の職業は様々だ。久則のように会社員との兼職も少なくない。

誰も寿子のことに触れないまま、淡々と準備が進む。例祭仕様に拝殿が整えられる間に、久則は奥にある本拝殿に入った。

今夜はここがご寝所となり、神をお迎えする儀式が行われる。久則が一晩過ごす場所だ。

昨日も掃除をしているが、改めて丁寧に清めた。

四方に薄布を吊《つ》るしていく。この内側は神様と一夜を過ごす寝所なので、足を踏み入れられるのは神島家の血を引く人間だけだ。薄い布は結界といえる。

本拝殿は境内の中では低い位置にあった。昔は潮が満ちるとすぐ近くまで波の音が迫ってきたと、今は亡き祖母が話してくれたことを思い出す。

久則は幼い頃、神事についての殆《ほとん》どを祖母から教えられた。母が寿子の子育てや神社の仕事に忙しかったためだ。

祖母も若い頃は巫女としてここで一晩を過ごしていた。その時の経験から、神島家を代表して巫女を務める覚悟や心構えを久則に説《と》いた。決してこの中に神島家以外の者を入れてはいけないことも。

祖母が亡くなったのは四年前だ。寿子が巫女を務めて三年目、舞を褒め称《たた》えた一週間後に体調を崩し、約一月後に亡くなった。今は自宅の祖霊舎《それいしゃ》に、祖母の霊璽《れいじ》が収められている。

祖母はまた久則が巫女になるのかと驚いているだろう。それでもきっと、神島家の務めだと見守ってくれるはずだ。

祖母のことを考えている内に時間が経っていた。本拝殿の清掃を終えて外へ出る。

巫女舞の仮設舞台は完成していた。境内には人が増えている。社務所の控え室には雅楽《ががく》の演者が集合していた。

いつも静かな空間が賑やかになってくる。舞台を囲むように人が集まり出した。例祭の日は、普段より時の流れが早くなる。

「時間ね。頼んだわよ」

「はい、すぐに」

母親に促され、久則は立ち上がった。

賑やかな境内の音を聞きながら、着装《ちゃくそう》のために潔斎所で身を清めた。そして装束が用意してある和室に行き、深呼吸をしてから鏡の前に立つ。

まずは後ろで髪をまとめた。短いのでわずかな束ができるだけだ。

白足袋を履《は》き、肌着、下着を身に付ける。久則に合わせて誂《あつら》えたものだが、そもそもは女性用のために違和感があるのは拭えない。

白衣をまとい、白帯で留める。緋《ひ》袴に足を通し、前を合わせて帯を腰に回して結ぶ。同じように後ろも合わせて前で帯を結んだら、通常の巫女装束の完成だ。普段とは違う袴の色に身が引き締まる。

次に千早《ちはや》を羽織《はお》る。通常の神事の場合、巫女はこの千早を着たら完成だ。しかし今日は年一度の例祭のため、この日だけ身に付ける特別な千早を重ねることになっていた。

重ねる千早は透き通るように薄い白だ。元々はかなりゆったりとした作りだが、久則には小さめだった。

前の飾りひもを結ぶと、鏡で全身を眺める。巫女装束をまとった自分と向き合い、乱れがないことを確認してから、顔が映る距離まで鏡に近づいた。

後ろで束ねた髪の結び目に、髢《かもじ》と呼ばれる付け毛を載せる。形を整え、髪留めを頭につけた。

最後にほんの少しだけ、唇に紅を差す。そうすると、見慣れた自分の顔がひどく中性的なものになった。

祭りの賑やかな音が外から聞こえてくる。島の子供たちによる子供神輿《みこし》が始まったのだろう。

幼い頃から何かしら仕事を与えられていたため、久則は神輿を担いだことがなかった。同級生から神輿や出店といった祭りの楽しい話を聞く度に、自分も祭りを楽しんでみたいと願ったものだ。

目を閉じてその時を待つ。やがて太鼓のドンという音が聞こえてくる。神社周辺を回る子供神輿が終わった合図だ。

いよいよ出番だ。久則はその場で深く息を吸い、ゆっくりと吐き出した。立ち上がり、舞台へと向かう。

すでに舞台は島民によって囲まれていた。年輩の方が多いが、若者も子供もいる。更に観光客らしき姿も。

背を正した。人の視線を意識しないように、ただ前を見て、四角い舞台に上がる。無心に舞えと自分に言い聞かせ、宙に視線を向けた。

舞台脇から、笛の音が鳴る。久則は榊を手に前へと厳《おごそ》かに進んだ。

規則的に打たれる拍子木の音に合わせて、回る。回転は心身を浄化してくれる。空気が変わり、視界が開けた。

自分を包むものすべてが色を濃くしていく。急速に変化する世界を受け止めきれず、久則は一度目を閉じた。

同じ音が繰り返されていく内に、舞台の下から上へと音の渦ができる。手にした榊が重たくなった。神様が宿ったのだ。じんわりと熱を持った手を正面へ向け、目を開いた。色が、空気が、ひどく鮮明だ。自分自身の息遣いを感じながら、音に合わせて体が勝手に動く。

神様がこの島にやってきた時の歓迎を回る形で表現すると、神様を御神輿へと案内するために本殿へ背を向ける。振った榊が軽くなった。これで神様は御神輿へ乗られた。ゆっくり島内を巡《めぐ》っていただこう。

これが神島家だけに伝わる巫女舞だ。指先までぴんと伸ばし、静かに瞬いた。

久則が一礼すると、太鼓の音が鳴る。御神輿が勢いよく担ぎ上げられた。

頭を下げ、神様のお見送りをする。久則が顔を上げる頃には、御神輿は境内から出ようとしていた。

頭がぼうっと白くかすむ。手にした榊が太陽の光を浴びて輝いている。ぼんやりとしていた視界がクリアになって、我に返った。

いつの間にか意識が浮遊していたらしい。一度深呼吸をし、人も少なくなった舞台から下りる。

胸元に手を置いた。いつにない高揚感に戸惑う。なんでこんなに両手両足の先まで熱くなっているのか。

「お疲れ様」

拝殿では母が待っていた。その顔には笑みが浮かんでいる。

「とてもよかったわ。この後も頑張って」

母がこんな風に褒めてくれたのは初めてだ。どうしようもないむず痒《がゆ》さを覚える。

「行って参ります」

母に見送られ、奥の本拝殿へと向かった。結界として張られた薄布の中へと進む。神様が御神輿で島を回られている間に、ご寝所を整えるのだ。

境内の賑やかさとは別の静寂が包んだ拝殿に立つと、わずかに緊張を覚えた。ご神饌を確認した後、久則はその場に正座した。

目を閉じていると、境内から声や物音が聞こえてくる。まだ耳の奥には、舞台の上で感じたあの高揚感が残っていた。

島内を回るのには時間がかかる。祭りは待つに通ずる。神様の訪れを待つこの時間は、神聖なものだ。

久則は背を正し、静かに呼吸をした。頬に温もりを覚え、目を開ける。差し込む光が橙《だいだい》を帯びる。日が沈もうとしているのだ。

遠くから笛の音が聞こえてきた。少しずつ近づいてくる。御神輿が戻ってきたと太鼓の音が知らせる。久則は立ち上がり、榊を前に持った。

指先にまで神経を張り巡らせる。

神様だけにお見せする、すべてを捧げる舞だ。

雑念を払い、ただ舞う。先ほどと同じ動きをする舞だが、音はない。そのせいか、自分の体が発する音や熱がよく分かる。

手と足の角度を意識しながら、無心で体を動かす。この舞と共に、自分自身を供える気持ちで。

静かだった。衣擦《きぬず》れの音が響く。急いてしまわないようにゆっくりと頭に浮かんだ拍子で踊り、正面に榊を持って一礼した。

これで終わりだ。あとは夜が明けるまで、静かにここで過ごすだけ。ほんの少しだけ体の力を抜いたその時、拍手の音が聞こえた。

人の気配に振り返る。薄布の向こうに人影があり、目を見開いた。

「どなたですか」

ここまで入って来る人間に心当たりがなかった。島の人間は、こんな奥まで入ってこない。子供でも紛《まぎ》れ込んだのだろうか。

「誰だと思う?」

薄布をめくって顔を出した男の姿に目を見張る。そこにいたのは、池森だった。

——なぜ、彼がここに?

「へぇ、すごい衣装だ。お前、巫女さんをやるんだ」

上から下まで、舐《な》めるような視線を感じた。それを受け止めきれず、久則は後ずさる。

混乱していた。こんなところに他人が来たのは初めてだ。ここは久則の父ですら入れない場所なのだから。

「来るな」

中へ入ってこようとする池森を手で制する。その布を越えたところはもうご寝所だ。入るなと両手で止めようとしたが、一歩遅かった。

「ん？　なんで」

池森が動きを止める。だがその右足は、既に寝所内に入っていた。それを視界に捉《とら》え、久則は凍りついた。

「あぁ……なんてことを……」

この寝所に入れるのは、神島家の血を引く者、そして神様だけだ。もし他の者が入ってきた場合、女性は神様に身を捧げる。ここに足を踏み入れた男には、神が宿るとされている。

問題は男だ。ここに足を踏み入れた男には、つまり共に舞うことになる。

『神様が来たら必ず契らなければいけないのよ』

幼い頃から、祖母に何度も言われた言葉が久則の頭の中を猛スピードで駆け巡った。

契る。その意味を、久則はよく分かっていた。だからこそ頭を抱えてその場にしゃがみ込んだ。

入ってきた池森には神様が宿った。神様をお迎えした久則は、巫女として彼と契らなければならない。

つまり久則は、目の前にいるこの男と、性行為をしなければならないのだ。

「なぜ、ここにいる……？」

本当に池森なのか。さっき彼がしたように、上から下まで見る。

「あぁ、今日の役員会議の結果を報告しようと思って。ちょうど昼一で工場に来る用事があったんだ。それが早く終わって夕方のフェリーに間に合ったから乗ったんだよ。で、今日はお祭りだって言うから覗《のぞ》いた」

池森はネクタイはしていないもののスーツを着ており、脇に鞄を持っていた。仕事帰りというのは嘘ではないのだろう。

「無事に専務の決裁《けっさい》は下りたよ。予定通りに生産開始決定。第一報は連絡しといた。議事録もまとめて決裁待ち」

「そうか、それは良かった」

ほっとしたのも一瞬のこと、久則は池森を見上げる。今一番聞きたいのは、そのことじゃない。

「いや、今は仕事の話ではなく……、なぜ、ここにお前がいる」

「さっき外での舞を見てたから。すごい迫力だったよ。その後は祭りを見てぶらぶらしてたら、この島の人になんでいるのか聞かれて、お前の名前を出したんだ。そうしたら一晩はここにいるって教えてもらえて。お前、この神社の神主だってな。なんで神主がそんな格好してんの？　それって巫女さんじゃないの？」

誰がそんな余計なことを言ったのか。心の中でため息をついてから、久則はぺらぺらと喋りつづける池森を睨みつけた。

「そこへ座れ」

「ここ？」

大人しくその場に胡坐《あぐら》をかいた池森の前で、久則は正座した。膝の前に手をつき、頭を下げる。

「ようこそおいでくださいました」

丁寧に挨拶《あいさつ》するのに抵抗を覚える。だがまずはこうするのが大切だろう。

「なんだよ、あらたまって」

怪訝《けげん》な顔をした池森に、ゆっくりと近づく。

「挨拶だ。ここに足を踏み入れた以上、俺はお前を、神様としてもてなす」

「神様？　俺が？」

池森は目を見開いた。久則をじろじろと眺めてから、表情を緩める。

「いきなり何を言い出すかと思えば。もてなす、ってどうするんだよ」

明らかに面白がっている顔で聞かれる。この男を神様として扱うのは業腹《ごうはら》だ。しかしこの結界の中へ入ってきてしまったのだから、仕方がない。

「これは神事だ。お前はとにかく、じっとしていろ」

覚悟を決めて立ち上がり、千早を脱いで畳む。二枚分だ。静かな空間に衣擦れの音が響くのがいたたまれない。

本当にするのか。頭に浮かんだ疑問を振り払う。神島家の者として、ここで引くことなど許されぬと自分を叱咤《しった》した。必ず契らねばならないと祖母も言ったではないか。大丈夫だ、なんとかなる。

「脱がすぞ」

事務的に池森のシャツへ手をかけた。

「え、なんで？」

慌てて後ずさった池森を追いかける。彼の足の間に膝をついた。

「巫女はこの中に入った神島家以外の男とは契らねばならないのだ」

「ちぎる？　何を？」

池森は目を丸くして固まった。口も半開きで、どこか間の抜けた顔だ。いつもの彼らしからぬ表情に久則は目を細める。驚くのも当然だ。それだけのことをしたのだと、責任を感じて欲しい。

祖母が教えてくれた話がぐるぐると頭の中を回る。とにかく、この中に入った相手は神様としてもてなさなければならないのだ。夜伽《よとぎ》なんて単語もどこかで耳にした。

「ここは神様のご寝所。神様に命をいただく場所だ。つまり……子を成す行為をせねばならない」

久則はそう言い切って、池森のシャツの第二ボタンを外した。第一ボタンは最初から留まっていなかった。

「あ、そういうこと……って、つまり、俺とお前が？」

「そういうことになる」

やっと分かってくれたらしい。よかったと胸をなで下ろし、三番目のボタンを外す。

「でも俺、男だよ」

分かり切ったことを池森は言った。

「そんなことは分かっている。とにかく、しなくてはならないのだ。安心しろ、俺は女性ではないから、実際に孕《はら》むことはない。犬にでも嚙まれたと思えばいい」

「はぁ？　お前、無茶言いすぎだぞ」

そんなこと言われなくとも承知している。だけどこうするより他はないのだ。

母から教えられた神事のやりとりを思い出す。こういう場合の作法までは聞いていないが、普通にすればいいのだろうか。——普通？　男同士で、普通とはどうすることだ？

「いいから大人しくしていろ」

内心の動揺を悟られまいと、低い声で言った。池森は片眉を上げ、口元を緩めていつも見せるような顔になる。

「大人しくって……、お前、結構大胆なんだな」

余裕を取り戻したのか、軽口を叩く池森に手を止める。好きでこんなことをしているのではないのに、大胆と言われるのは心外だ。

「お前が勝手にここへ入ってくるからだろう」

本来ならば、久則一人が一晩ここで過ごすだけで良かったのだ。この男が勝手にやってくるから、ややこしいことになったのではないか。

「それは……悪かったよ。そういう意味があるって知らなくて」

眉尻を下げた池森を睨む。

「当たり前だ。知っていて入って来たなら許さない」

「そうすごむなって。美人が台無しだぞ」

池森の手が、久則の頬に伸ばされる。何が美人だ。適当に調子のいいことばかり言う男とは思っていたが、こんな時までそうなのか。

「触るな」

頬を撫でる指先に肌が粟立《あわだ》ち、反射的に払ってしまった。

「そんなこと言って、一人でできるのか？」

からかうような口調に眉を寄せた。妙に鋭いところがある池森のことだ。手が震えていると気がつかれたか。

「黙れ」

懲《こ》りずに伸びてくる手を払い、改めて池森と向き合う。

「はいはい。お手並み拝見といきますか」

にやにやしている男を殴《なぐ》りつけたい衝動にかられる。ぎゅっと手を握って堪えて、池森のシャツのボタンを外し終えた。

お手並みと言われても、久則にさほど経験はなかった。彼女と呼べる存在は過去にいたけれど、そういった雰囲気に持っていくのが苦手で、ろくに肌を重ねてはこなかったのだ。

「で、次はどうしてくれるのかな？」

口元を笑みの形にした池森が久則を見上げる。

「……黙れと言っている」

池森のシャツの前を開いてから、別に上半身を脱がせる必要はないのだと気がついた。そうだ、こんなことをする必要はない。ただ子を宿す行為をするだけでいいのだから、口づけも不要だ。

問題はひとつ。自分は男で、受け入れる部分がないことだ。代わりにあるのはいわゆる排泄器官で、そこを用いる性行為があることを、知識として知ってはいる。だが実践したことなどない。はたして自分にできるのだろうか。

怖気《おじけ》づきそうな自分を奮《ふる》い立たせ、池森のベルトに手をかけた。できるかどうかではない。しなければならないのだ。

ベルトを外してスラックスを緩める。派手な色の下着に手を這《は》わせた。

「いきなりそこかい。即物的だな。ムードがない」

「そんなものは不要だ」

勢いよく下着の中に手をつっこむ。まだ柔らかいそれの感触に眉を寄せた。

当然のことながら、他人の性器に触れるのは初めてだ。とにかくこれが役に立ってくれないことには何も始まらない。どうにかしようと、下着から引っ張り出す。

露《あら》わになった池森のそれは、通常状態だ。

同じものがついている、大丈夫だ。我ながら支離滅裂《しりめつれつ》な励《はげ》ましをして自分の背中を押し、思いきって握る。

「うっ……」

指先に熱さを感じてすぐに離してしまう。思わず顔を上げると、こちらを見てにやにやと笑っている池森と目が合った。

「何をしてくれるのかな」

楽しそうな声に苛立《いらだ》ちを覚えつつ、昂《たか》ぶりを手にした。とにかくこれに刺激を与えればいいはずだ。

目を背《そむ》けて、手を上下させた。すぐ中に芯が通る。熱く硬く成長していく池森の性器は、自分のより太い気がした。くっきりとしたくびれがいやらしい。

「おいおい、そんな嫌そうな顔をするなよ」

「うるさいっ」

丸みを帯びた先端の窪《くぼ》みからぬるりとした液体が出てきた。指を汚すそれが何か、考えるのもやめて無心で手を動かす。

それにしても、池森のそれは、やたらと大きくて硬い。張り出した先端といい、男らしく卑猥《ひわい》なフォルムだ。同性として嫉妬を覚える。この男はなぜどこも整っているのか。全く腹立たしい。

「なぁ、そうやってじろじろと見られてると、恥ずかしいんだけど。……お前も脱げよ、これ」

池森は久則の緋袴に触れた。

「どうやって脱がすの？」

見上げてくる彼の目が、いつもと違う色を浮かべている。その熱っぽさを直視できず、久則は視線を手元に向けた。

「自分で脱ぐ」

立ち上がり、緋袴の帯を解く。脇に退け、さっと畳んだ。背中に池森の視線を感じるけど、気にしないように言い聞かせる。

白衣になってから、帯に手をかける。解こうとして、やめた。久則は細身とはいえ、ごく普通の男だ。この体を見て萎《な》えられては困る。

黙って下着だけを脱いだ。これで充分だろうと振り返る。池森は熱のこもった視線を向けていた。

この男は、同性の着替えを見て興奮するのだろうか。疑問に思いつつ、彼と向き合った。そこで久則は固まった。自分は男で、女性のように潤《うるお》いはしない。簡単に体を繋げることは可能だろうか。

同性同士の知識はなんとなくあるが、さすがにどう準備すればいいのかまでは分からない。ただ濡らさなければいけないことくらいは、分かる。

射精には摩擦が必要だが、適度な潤滑《じゅんかつ》がなければ結合は難しい。どの程度の潤滑が必要かとまるで実験のようなことを考えつつ、本拝殿内を見回した。

この空間にあって使えそうなものといえば、自分用に用意していた水のペットボトルくらいだ。

仕方がない、と水を手に取る。

「まさかそれで濡らして挿《い》れようとしてる?」

それまで平然としていた池森が顔色を変えて詰め寄ってきた。

「怪我するぞ。ああ、もういい。手伝う」

「結構だ」

にじり寄ってきた池森にペットボトルを奪われる。

「駄目《だめ》だ」

ペットボトルを脇へ退けた池森が更に近づいてくる。咄嗟《とっさ》に後ずさる。そうすると聞こえよがしなため息が聞こえた。

「いいから、言うことを聞け。流血沙汰は好みじゃないんだよ。俺が萎えたらできないぞ」

「……それは……」

確かに池森の言う通りだ。だがどうすればいいと言うのか。黙りこんだ久則の前で、池森は頭をかいた。

「ちょっと待って。何か濡らすもの、……」

池森は鞄に手を伸ばした。中を確認し、小さなチューブを取り出す。

「ハンドクリームがあった。これ、使えるんじゃないか」

「そんなものを持ち歩いているのか」

鞄から出てきたものに眉を寄せた。仕事用の鞄から、なぜそんなものが出てくるのだろう。

「まあね。書類を触っていると指が乾燥するだろ。これはとてもいい香りで気に入ってる。――ほら」

池森はチューブから白いクリームを絞《しぼ》り出した。ほんのりとバラのような香りがする。何度かかいだ記憶もあった。

「で、これは汚れてもいいの？」

白衣を軽く引っ張られる。

「……できれば汚したくない」

「だよね。脱ぐ？　それとも、裾《すそ》をめくって俺に乗っかる？」

突きつけられた選択肢に眉を寄せる。どちらも恥ずかしさは同レベルだ。それなら萎える要素は少ない方がいい。

久則は俯きながら池森の肩に手を置いた。ゆっくりと力を込める。

「乗っかるんだ？」

問いに答えず、彼をその場に押し倒す。裾をめくり彼に跨《また》がる体勢になった。にやにやと笑う男を張り倒したくなる衝動にかられつつ、口を開く。

「これでいいのか」

「うん、もうちょっと恥じらいが欲しい気もするけど、まあいいか」

苦笑いしつつ、池森が久則の腰に手をかけた。

「じゃあ、力を抜いて」

白衣をたくし上げ、尻を撫で回す指に目を見開く。池森は小さく笑うと、両手で尻を割り開いた。

「ここ、……濡らすぞ」

腰を持ち上げられて、少し高い位置に固定される。濡れた指が後孔をなぞり、久則は息を詰めた。

「ううっ……」

表面にクリームを塗りつける動きに身をよじる。あらぬところを濡らされる。痒みにも似た、じっとしていられない感覚に必死で耐えた。

「くっ……」

全身がむずむずしている。恥ずかしい場所を同期の、友人とも言えない男に弄《いじ》られる惨《みじ》めさに泣きたくなった。

だがこれも、神事だ。目を閉じて耐える。妙な声が出ないように唇を噛んだ。

池森は躊躇《ためら》いのない指使いで、後孔の表面を潤していく。慣れているように感じるのは気のせいだろうか。

「いい感じに柔らかくなってきた。……ほら」

池森の指が、つぷりと埋められる。たっぷりとクリームを塗られた後孔は、抵抗なく指を飲み込んでしまう。

「うっ……」

ゆっくりと内側を撫でられて身震いした。痛みがない分、動きがダイレクトに伝わってくる。

爪が内襞《うちひだ》に触れ、軽くひっかいた。それだけで全身の毛穴が開いたみたいになり、体がびくびくと跳《は》ねる。

「苦しいか？」

池森が心配そうに問いかけてきた。久則は黙って首を横に振る。認めてしまうと余計に息苦しくなってしまう。それが怖かった。

平気だ、苦しくなんてない。自分に言い聞かせて、体から力を抜こうと試みる。だけどそう簡単にはできなくて歯がゆい。

「無理すんなよ」

右頰から耳までを撫でられる。擽《くすぐ》るように触れられて、息を詰めた。

「やめっ……」

呼吸をするのがやっとだから、きっとひどい顔をしている。それを彼に見られたくなくて俯くと、後頭部に手が置かれて引き寄せられた。

薄く目を開ける。いつの間にか上半身を起こしていた池森の胸に抱きしめられていた。

「こうすれば、俺の顔を見なくて済むだろ」

「んっ……」

池森の肩に顔を埋めた。確かにこうすれば恥ずかしくないと思ったのは一瞬だった。すぐに密着した彼の体から熱と鼓動を感じ取り、肌が粟立ってしまう。距離が近い。近すぎる。

首筋にかかる息すら、刺激になった。顔を上げる勇気がなくて、久則は池森の首に回した腕に力を込める。

「うっ……」

くちゅっと水音を立てて、内側をかき回された。延々と繰り返される内に窄《すぼ》まりは柔らかく解《ほど》け、指に吸いつき始める。

「もう痛くないだろ」

ね、と指を軽く引かれる。追いかけるように窄まる自分の反応が信じられない。

「……で、お前の感じるとこはどこかな？」

指紋を残すみたいにぺたぺたと、池森の指が内壁を探る。体内をまさぐられる感覚に毛が逆立ち、息を詰めた。

「ひっ」

わずかな隆起に触れられた瞬間、そこから背筋を電流が貫《つらぬ》いた。何が起こったのか分からず目を見開く。

「お、ここ、か？」

池森の声が弾む。指でそこをぐりぐりと擦《こす》られ、腰の奥がじんと熱くなった。

「……や、め……なに……ああっ」

神経を鷲《わし》摑《づか》みにされて揺すぶられるような衝撃に、手足の指が丸まった。瞬きができない。唇から唾液が勝手に溢《あふ》れる。

「気持ち良いだろ？」

指の腹で縁を描くように撫でられた。鼓動が跳ね上がり、頭を打ち振る。この強烈な感覚を、快感だと肯定したくない。だってそんなところ、感じていい場所じゃない。これは何かの間違いだ。

答えない久則に焦《じ》れたのか、池森が隆起した部分を二本の指で擦った。

「あ……あ、んっ……！」

高い声を上げて、池森の肩に縋《すが》りつく。達する寸前のような震えに襲われて惑乱する。

奇妙なほど下腹部が重たい。

「すごい締めてきた。この中に入ったら気持ちいいだろうな。……早く入りたい」

「や、めっ……」

揃えた指を出し入れされる。その露骨な動きに震えた。埋められた指を締めつけてしまう。

「ここまできてやめられるかって。こうして道を作ってあげないと入んないだろ。もっと力を抜けって」

指を広げられて、久則はのけぞった。指が引き抜かれると追いかけるように収縮する、内側の淫《みだ》らさに泣きたくなる。

「いい、……もう、入れる……」

指だけでここまで乱れてしまうとは思わなかった。混乱するまま追い上げられて、久則は頭を振る。

こんなことで達したくない。あくまでこれは神事で、気持ち良くなるためのものではないのだ。

「欲しいの？」

その問いに答えず、肩に爪を立てる。自分の鼓動が速くなりすぎて怖い。全身が汗ばんでいて、白衣が張りつきそうだ。

「はしたない巫女さんだな」

昂ぶりを指でぴんと弾《はじ》かれた。その衝撃に先端からとろりと蜜が零れ落ちる。

「こ、これは……」

慌てて両手で昂ぶりを隠そうとした。だがその手を池森に払われてしまう。

「後ろを弄られて反応する男は珍しくない。隠さなくていいよ」

安心して、と笑いかけてくる男の目には、明らかな熱が宿っていた。

「俺も興奮してきた。……ほら」

池森の視線に促されて、彼の下肢を見る。彼は久則に見せつけるように昂ぶりを緩く扱《しご》いた。張り出した先端に、脈打つ筋、太い幹が見え隠れする。あまりのいやらしさに直視できず、顔を背けた。

「どう、お前の好きな形?」

「……ふざけたことを言うな」

こんな状態ですら茶化す余裕がある池森が腹立たしい。彼も自分のように、必死になればいいのに。

「ふざけてないよ。少しでも俺のこと気に入って欲しい。さ、おいで」

池森の手が腰を抱く。その眼差しにこもる、欲情と呼ぶには甘ったるい色に戸惑いながら、久則は息を吐いた。

これは性行為ではない。池森に宿った神様を迎える神聖な行為だ。自分に言い聞かせて、池森の手を払った。

「俺がする。お前はじっとしていろ」

「はいはい、分かったよ」

池森が笑って手を引いた。やはり彼にはまだ余裕があるようだ。この澄ました顔を乱してやりたい衝動にかられる。自分だけが一方的に感じている、この状況は不本意だ。

彼の肩に手を置き、覚悟を決めた。目をきつく閉じて、いつしか浮かんでいた涙を追い出す。それから足を大きく広げた。恥ずかしさに耐えるべく唇を噛む。

後孔に宛《あ》てがったものの熱さと硬さに腰が引ける。それでも自分を叱咤して、濡れた後孔に池森の昂ぶりを押し当てた。

「うっ……」

少し腰を落としただけで、無理だ、と思った。こんな大きなもの、入るはずがない。逃げるように腰が揺れてしまう。そのせいで、つるりとした先端を後孔で擦る形になっていた。

「っ、……なんだよ、焦らすなって」

唇を引き上げて笑った池森は、久則の腰を摑んだ。

「ほら、ここ、……っ」

腰骨を下ろそうとする力に、久則は逆らえなかった。

「あ、……やめ、ろっ……」

ずぶっと音がして、後孔に昂ぶりが埋められた。濡れた先端が縁ごと押し込まれる。痛みに一瞬、息が止まった。

「ひっ……！」

「……くっ、すげぇ、入るかな……」

池森も苦しそうな声を上げた。巻き込まれた縁を指で戻された瞬間、足の指にまで震えが走った。

口角から溢れた唾液が顎を伝う。苦しい。体が壊れそうな痛みに涙が滲む。ありえない場所を塞《ふさ》がれて、うまく息ができずに死にそうだ。

「や、もう、や、ら……」

舌足らずな声で言いながら、逃げようと池森の肩に手を置く。だが腰に回された彼の手がそれを阻《はば》んだ。

「もうちょっと、我慢しろ……っ、もう少しだ」

「うっ……あ、くっ……！」

体の奥が重たくなる。遅れて皮膚を引っ張られるような痛みがやってきた。

「いたっ……」

腰を押さえられ、容赦なく押し広げられる。裂かれそうな予感に眉を寄せた瞬間、引っ張られる感覚が和《やわ》らいだ。

「はぁ、……ほら、太いとこは入った、ぞ」

池森が言うように、張り出した部分はなんとか飲み込めたらしい。ほんの少しだけ、圧迫感も減った。息が吸える。

「……っ……入って、くるっ……」

だが池森がすぐに突き上げてきた。後孔が彼の形に押し広げられていく。さっき声を上げてしまった隆起を擦られて、体から力が抜けた。

「ん、そのまま、腰を落として」

指が辿《たど》りつけなかった奥までこじ開けられる。異物を拒むように体の奥が窄まった。

「あ、それ良すぎ」

池森の昂ぶりが、久則の内側でぴくりと跳ねた。ダイレクトに伝わってくる反応に、彼とひとつになっているのだと実感する。

なんで、こんなことに。久則は唇を噛みながら、これも神様のためだと自分に言い聞かせ、腰の位置を下げた。

「は、ぁ……」

体重をかけ、奥まで池森の昂ぶりを飲み込む。ただ必死だった。

「――っ、う……」

すべてを収めた時には疲れ切っていた。全身から汗が滲んでいる。久則の性器はすっかり萎えていた。

「……いい眺め」

池森は乱れた裾から手を入れ、久則の太ももを撫で回す。

「巫女さんにいけないことをしている気分だ」

「……うるさいっ……」

そう言い返しただけで、腰の奥にあるものの存在を意識してしまう。

「馴染《なじ》むまで待つ？　それとも少し動いてみる？」

久則の膝を撫でながら、池森が尋ねてくる。できれば待ちたい。だがそれ以上に、早く終わらせたい気持ちが勝った。

「どうやって、動けばいい……？」

跨がった状態でどうすればいいのか分からなかった。池森は口元を歪めて笑った。

「じゃあ、腰を浮かしてみて」

「……こう、か？」

ほんのわずかに腰を浮かした瞬間、背骨を焦がすような快感が走った。

「あ、ああっ！」

膝が崩れる。咄嗟に手をついたのは、露わになっていた池森の下腹部だった。引き締まった筋肉に摑まってもバランスを保てず、昂ぶりが抜け落ちそうになる。それを引きとめるように窄まりが収縮し、また新たな刺激を久則に与えた。

「抜く方が感じるの？」

「違、っ……」

首を横に振る。感じてなどいない。そう言いたいのに、唇は酸素を貪《むさぼ》ることに一生懸命でままならない。

「ん？　どこが違う？　だってほら、こうやって入る時よりも」

「ふぁ」

最奥まで一気に貫かれて、のけぞる。口から飛び出しそうなほど奥まで押し広げられて、下半身から力が抜けた。

「ね、抜かれた時の方が感じてるだろ」

「や、やめっ……」

ずぼずぼと品のない音を立てて抜き差しされ、浅瀬から奥深くまでを暴《あば》かれる。擦られた部分が熱を呼び、体温を上げた。全身から汗が吹き出す。

「すごい締めつけてくるな……」

「あひっ」

指で感じてしまった部分を抉《えぐ》られて、反射的に腰を突き上げてしまう。昂《たかぶ》った性器が揺れた。

「で、ここが一番気持ちいい、と……」

「違うっ……」

髪を振り乱して否定する。付け毛と髪留めが取れてしまい、後ろに落ちた。

「そう？　嘘をついても、ここは正直だ」

池森の手が久則の昂ぶりを摑む。

「ぬるぬるしてる。これで感じてないって？」

溢れる体液を塗りつけられる。池森の手の中にある久則の欲望は、すぐに弾けんばかりに成長した。

「あっ……んんっ……」

緩く扱かれ、高い声を上げてのけぞる。直接的な刺激に性感が揺さぶられる。

「ん、いい声だ。もっと聞かせて」

突き上げてくる速度が上がる。踊るように腰が揺れた。

「……や、め……！」

こんなにも感じてしまうのはきっと、この空間のせいだ。ここは神様が休まれ、愛してくださる場所。きっと本当に神様が池森へと宿ったに違いない。だからこんなに、体が昂るのだ。

そう解釈して自分を納得させ、久則は体を揺らす。

「……は、ぁ……」

内側をこねる動きに翻弄《ほんろう》される。性器を弄っていた手が離れ下から伸びてきて、そのまま後頭部に回された。

引き寄せられ、体のバランスが崩れる。貫かれる角度が変わり、開いた唇に舌がねじ込まれた。

「んんっ」

目を閉じる暇もなかったため、すぐ近くで、やたらと整った池森の顔を見ることになってしまう。

口内を舌が探る。息苦しくて更に開いた唇を、舌が好き勝手に舐め回す。口づけというには獰猛《どうもう》なやり方に、意識までかき乱された。

「くっ、……ふっ……ぁ……」

唇の周りがぐちゃぐちゃに濡らされる。竦む舌を引っ張り出され、音を立てて舐められた。

「……っ」

息苦しさに呻く。呼吸がうまくできなくて、頭がくらくらと揺れ出した。池森の突き上げに合わせて体を上下する。

「くそっ、……出るっ……」

池森が苦しそうな顔をした。律動が早くなる。肌と肌が激しくぶつかる音が響いた。そこに混じる高い声は、久則自身のものだ。

「っ……いくっ……」

体の奥深くで、池森が弾ける。放たれた熱が内壁を濡らす。その勢いにつられるようにして、久則も達していた。

「あ、ああっ……や……止まらないっ……」

触れられてもいない昂ぶりから、断続的に熱が飛び出す。その勢いと量に驚く。出しても出しても、終わらない。

脳が痺《しび》れる。おかしい。こんなに出たら、……壊れる。

「ああっ……」

強烈すぎる快感に腰を揺らす。尿道を駆け上がった熱を解放する強烈な愉悦に酔う。

「いっぱい出たな」

池森の声で顔を上げる。彼の引き締まった下腹部が、おのれの放った体液で汚れている。

その光景を目の当たりにし、久則は赤面した。

なんということだ。主に後孔への刺激で達してしまうなんて、信じられない。

「なぁ」

上半身を起こした池森が顔を覗き込んできた。

「すげぇ、よかった。最高だった」

額をこつん、と重ねられる。お互いに呼吸は乱れたままだ。

「……」

こんな時、どんな言葉を返せばいいのか、考える余裕はなかった。全力疾走をした直後のように肩で息をする。

どこにも力が入らない。そのまま崩れ落ちそうになった体を、池森が抱きとめてくれた。

「……んじゃ、攻守交代ってことで」

池森は久則の足を抱え、体重をかけてきた。

「は？」

何をするつもりなのかと、池森を見上げる。

「やられっぱなしは性に合わないんでね。——お前をもっと気持ち良くしてやるよ」

「うわっ」

体を繋げたまま、くるりと体勢を入れ替えられた。押し倒された形で足を広げられる。

池森はシャツを脱ぎ捨てた。日常的なその仕草が、直視できないほどいやらしく見えて目を閉じる。

ただシャツを脱ぐ、それだけの仕草だったのに、その残像は瞼《まぶた》の裏に焼きついた。自分の息を飲む音が頭に響く。

「さて、……お前が感じるところ、教えて」

襟元《えり》に手がかかり、左右に引っ張られた。白帯が解かれる。露わになった胸元に池森が顔を近づけた。

「すげぇ、かわいい……」

池森の視線の先にあるのは、久則の乳首だった。

「なっ……やめっ……」

とてもかわいいなどと評されるものとは思えない小さな突起に、池森が吸いつく。唇に挟《はさ》まれた瞬間に、痺れに貫かれた。

「ああっ」

「乳首、感じるのか？」

違う、と首を横に振っても、信じてもらえないだろう。だって体が反応している。

「尖《とが》ってきた。どれ、こっちも」

楽しそうに左右の乳首を吸っては摘《つ》まむ池森を引き離したくてもがく。だがきつく吸われてしまい、体から力が抜けて抵抗できなくなった。

「やっぱりお前、……綺麗《きれい》だな」

感嘆めいた言葉を耳に囁《ささや》かれる。肌を擽る吐息のせいで、再び下肢へと血液が集中する。達したばかりだというのに、性器の熱はまったく衰えていない。乳首への刺激に反応する体に久則は怯えた。

「あ。さっき俺が出したのが溢れてきたぞ」

ほら、と腰を回された。くちゅっと水音が立つ。その音がなぜ発生するのかを意識した途端、全身が発火しそうになる。

「いや、だっ……」

こんなに恥ずかしい音を自分の体から発していると思いたくなかった。だけど池森は容赦なく律動を続け、派手な水音を上げる。

「こんな奥にまで、入っちゃっていいのか？」

戸惑うような声を上げながら、池森が腰を揺らす。次から次へと襲いかかってくる快感に翻弄されて、何も考えられなくなった。

「ひっ……！」

内側の隆起を先端で擦られる。そうされるとひとたまりもない。

「あ、ぁっ、……出るっ……」

体を焼きつくすかのような、強烈な炎に包まれる。久則は池森の体にしがみつきながら、目をきつく閉じた。

鳥の啼《な》く声が聞こえる。夜が明けるようだ。大きく伸びをしようして、久則は自分の体に巻きつくものに気がついた。

色が濃い肌だ。なんだろうと顔を上げた次の瞬間、久則は息を飲んだ。

「なっ……」

池森の腕の中だった。裸の彼に抱かれている自分もまた、何も身に付けていない。

どうして彼が、こんな近くにいるのだろう。ここはどこだ。慌てて周囲を見回す。

薄い布が貼られたここは、本拝殿の中だ。一晩を過ごすために用意した布団の中に二人で収まっている。いつこの布団を敷いたのか。

隅には巫女装束がまとめられている。脱ぎ捨てられたスーツと鞄も置いてある。

絡みついている腕を解いて起き上がる。

「おい、起きろ」

体を揺すった。池森はぴくりとも動かないので、乱暴に肩を叩く。

「痛っ」

苦しそうな顔をした池森が、ゆっくりと瞼を上げた。

「なんだよ、起きたのか」

少し掠《かす》れた声が返ってくる。目を開けた池森は、柔らかな表情を浮かべ久則を見上げた。

「もう少しこのまま、いいだろ……」

池森は久則の腰に腕を回した。甘えるように頬を寄せてくる仕草に鳥肌が立つ。何を言い出すのかこいつは。

「いいから起きろ。そして出て行ってくれ」

「は？」

面喰らった顔をした池森から離れて起き上がる。今何時だろう。まだ外は暗いようだから、朝拝前か。それならまだ、心配されるような時間ではない。まだ父も母もここへは来ていないだろう。不幸中の幸いだ。

「昨日のあれは、犬に噛まれたと思って忘れろ」

「え、ええ？」

池森は何度も瞬いた。久則は正座して頭を下げた。

「誰にも話すな。お前も、こんなことを周囲に知られたら困るだろう」

「は？」

「とにかく、もう終わった」

池森の服をかき集め、呆然《ぼうぜん》としている彼に押しつける。

「早く着ろ。境内に人が来るかもしれない」

そう言って久則も下着を身に付けた。着替えなど用意はしていなかったから昨日と同じものだけど仕方がない。

「あのさ」

池森の声を無視して、久則は皺《しわ》ができた白衣に袖を通す。帯を結ぼうとして、膝が笑った。それでもなんとか崩れずに踏み留まった。

「えっと、……これでいい？」

シャツとスラックスを着た池森が、立っていた。

「ああ。とにかく誰にも見られないように、ここを出てくれ」

そう言って、有無を言わさず不服そうな顔をしている池森に一礼する。神様を宿した男にあまり無礼があってはいけないと今頃になって思った。

「では」

本拝殿の外へと送りだす。よく喋る男が黙って出ていったことにほっとしてから、布が張られた空間を見回した。

昨夜、ここで何があったのか。脳裏にフラッシュバックする映像に頭を抱える。口元を手で覆った。そうしないと、何かが体から出てきそうだ。

そのまま震えて崩れ落ちそうになるのを堪え、自分を励まし、手早く寝具を片付けた。タオルを湿らせて、汗と太ももを濡らす体液を拭きとる。

できるだけの後始末を終え、千早を羽織った。

夜とは違う、朝の凛とした静寂の中、榊を手にとる。一晩を過ごしてくれた神様への感謝を込めて祝詞を上げた。

自分の声に張りがない。足にうまく力が入らないのだからそれも当然か。不甲斐《ふがい》ない気持ちながら一礼し、本拝殿を出た。

鎮守の森を太陽の光が照らしている。すがすがしいはずの朝だが、久則は胸に鉛が詰まっているのかと思うほど苦しかった。

まさか、ここで池森と一晩を過ごす羽目になるとは思わなかった。ため息しか出ない。鈍い痛みを訴える腰を庇《かば》うようにして拝殿に回る。そこにはまだ例祭の舞台があった。撤去は今日、社家《しやけ》と氏子の手伝いによって行われるのだ。

こうして外から見ると、舞台は狭い。舞っている時は広く感じたのに不思議だ。もし時間が戻せるなら、気をつけろと昨日の自分に忠告したい。池森を決して中へと入れるなと。そうすれば、あんなことしなくてよかった……。

頭を横に振り、昨夜の記憶を追いやる。とにかく、自分は務めを果たした。それだけは間違いない。

榊を持っているので社務所に戻る。両親は既に着装していた。

「ただいま戻りました」

両親に頭を下げる。さすがに何が起こったかは話せない。

「お疲れ様」

母は久則を見るなりため息をついた。

「参ったわ」

「……どうかしたんですか？」

まさか昨夜のことを気がつかれたのだろうか。顔から音を立てて血の気が引いていく。

「昨日ね、寿子がいなくなったのよ」

だが母の口から出たのは、予想外の言葉だった。

「寿子が？」

妹がどうしたのかと、両親の顔を交互に見る。二人ともひどく顔色が悪かった。

「ああ。最終の船で島を出ようだ」

「まったく、目を離した隙にあの子は」

父が眉を寄せ、母が大きなため息をつく。

「でもどうやって……？」

「どうやら誰かとこの島に戻って来ていたようだ。駐車場で寿子が車に乗る姿を見ていた人がいる」

「たぶん子供の父親よ。どんな人か教えようともしないけどね。とにかく一度、話をさせなさいと言ったんだけど……。そうだ、ちょっと久則からも電話してみて。あなたの番号なら寿子も出るかもしれないから」

「はい、後でかけてみます」

携帯を離れの自室に置きっぱなしだった。

「とにかく、寿子があれならしばらく巫女舞はできないわ。さ来週も帰ってきてちょうだい。土日だからちょうどいいわね」

例祭の二週間後にも神事がある。母親の中には、久則が断ると言う選択肢がないようだ。

「で、朝ご飯はどうする?」

父親に問われ、久則は首を横に振った。昨日の夕方以降、ろくに食べてはいないが、食欲なんて全くない。

「先に風呂へ入ります」

「そう。あら、よく見たらあなた、なんだかぼろぼろね。風呂に入っている間に、新しいのを出しておくわ」

母親の視線に気がついて、久則は咄嗟に背を向けた。きちんと着たつもりでも、きっと乱れているだろう。

「お願いします」

そそくさと部屋を出た。自宅の風呂に入るかどうか迷ったが、まだ仕事があるため潔斎所へ向かうことにした。

脱いだ白衣になんの痕跡もないことを確認して安堵してから、体を清める。

あらぬ場所からどろりと零れた体液が太ももを伝うのを、機械的に処理した。それからごしごしと痛いくらいに体を擦っては、頭から湯を浴びる。

それを何度繰り返してもまだ、この体には池森の痕《あと》が残っている気がしてならない。忌々《いまいま》しいと思ってから、清めるのに邪念は不要だと思い直した。余計なことを考えるのはもうやめよう。

「っ……！」

冷たい水をかぶって、頭の中を真っ白にする。それから髪を乾かし、母親が用意してくれた白衣に着替えた。

掃除は大事な仕事だ。父と共に鳥居に頭を下げ、境内を掃き清めていく。本拝殿も片付け、さりげなく後始末もした。

一度離れに戻った時に、寿子へ電話もかけた。出てはくれなかったから、メッセージだけを留守電に残す。

携帯電話には、昨日池森からメールと着信があった。そっちに行くよ、というメールを睨みつける。連絡が遅い。

腰の痛みと戦いながら、久則は一日を終えた。そして寿子とは連絡がつかないまま、日曜の昼のフェリーで部屋へと戻った。

「おはようございます」

月曜日、久則は出社するなり主任の席へ向かった。頭を下げ、休んだことを詫びる。だけど素っ気なく、会議の結果報告は池森からくるとだけ言われて終わった。

席に着いても居心地が悪い。それでも仕事をすることしか久則にはできなかった。

休んでいた間に送られてきたメールや書類に目を通す。先週分の処理が終わった頃、金曜日の会議の議事録がメールで送られてきた。

送信者の名前をぼんやりと眺める。池森彰威。顔を上げると、数メートル先のブロックに彼の背中が見える。

あの男と、関係を持ってしまった。

ため息が出そうになるのを堪え、俯く。こんなにも近くにいる同性の同僚と、肌を重ねた。神事のためとはいえ、とんでもないことをしてしまった。しかも、ありえないくらいに乱れてしまった事実が重たくのしかかる。

淫らに振るまった自分をほんの断片的にでも思い出すだけで、恥ずかしさに暴れたくなった。

落ち着けと自分に言い聞かせながら午前中の仕事を終える。昼休みに入ると、久則はまずロッカーに行き、寿子に電話をした。まだ連絡をとれていないので心配だ。

留守電になったので、メッセージを入れて電話を切る。ため息をつきつつ、連絡が欲しいとメールを打った。

昼食は食堂でとる。混雑が苦手なので、久則はピークの過ぎた時間に一人で食べるのが常だった。

残っていたメニューを適当にトレイに載せ、隅の席に着く。食べ始めようとしたその時、目の前が翳《かげ》った。

「ここ、座るぞ」

正面の席に、池森が立っている。

「……いただきます」

答えずに、手を合わせて食事をする。池森は既に食べ終えただけなのか、お茶が入ったコップだけを持っていた。

「なぁ、今夜、飲みに行かないか」

池森が口を開いた。周囲に誰もいないのでたぶん自分に話しかけたのだと判断し、久則は首を横に振る。

「俺は車通勤だ」

自動車メーカーに勤める者にとって、飲酒運転は絶対にあってはならない。社内にもそれが徹底されているため、就業後に突発で飲む機会は少なかった。年に数回行われる、グループや課の飲み会程度だ。

「そっか。じゃあ、明日は？　なんか予定ある？」

ある、と言えばいいのだろう。だが久則は嘘がつけない性分だった。

箸を止める。テーブルに肘《ひじ》をついてこちらを見ている池森と目が合った。

「何じろじろと見てんだよ。返事は？」

苛立ちを笑顔で隠した池森が問う。久則はそっと視線を彼の胸元まで下げた。

「お前、顔を合わせづらくないのか」

「なんで？」

首を捻《ひね》った池森に眉を寄せた。

「なぜって、それは……普通、そうだろう」

口にするのもはばかれるようなことを、した。ほんの断片的に思い出しただけで、久則は消えたくなる。要するに気まずいのだ。

「普通？　そうかな。少なくとも俺は、もっとお前のこと知りたいと思ったよ。だからこうして誘ってるんだけど」

口元を歪ませた池森が、久則の目を覗き込んできた。

「……迷惑だ」

知りたいと言われても、誘われても、困る。

「へぇ。……分かったよ」

池森が肩を竦めた。良かった、と安心したのは、しかしほんの数秒のこと。

「じゃあ、ばらされたくなかったら、明日付き合えよ。約束だ」

顔を寄せて着た池森に耳元で囁かれた瞬間、全身の毛が逆立つ。言いたいことだけを言って去って行く池森の背中を睨みつけても、なんの効果もなかった。


翌日、久則はバスと電車を乗り継いで出勤した。普段の倍以上の時間がかかって、席に着いた時には疲れていた。この調子では一日が思いやられる。

「おはよう」

パソコンを起動している間に池森が近づいてくる。

「これ、読んどいて」

渡された書類を受け取る。よろしく、と自分の席へ向かう池森の背中をなんとなく見送ってから、手元に目を落とした。

特に急ぎでもない回覧書類だった。右上にメモが貼られている。今日六時でどう？　と書かれていた。くせのある文字は、池森のものだ。

顔を上げる。席に着いていた池森と目が合った。表情を崩した男を軽く睨んで、久則はメモをはがして握り潰した。わざわざ書いてこなくても、直接言えばいいのに。

今日は午前十時から、新車の生産日程を打ち合わせる定例会議だった。資料の準備をして、三十分前に会議室へ向かう。

「お、資料できたか？」

会議室には既に池森がいて、テーブルをセットしていた。

「ああ」

手早く机上に資料を並べていく。池森はホワイトボードの位置を調整している。二人で何をすると打ち合わせはしなくとも、場を整えることができた。

「おはようございます」

入ってきた社員へ挨拶をする。時間ぎりぎりに入ってきたのは部長だった。

「まずは先週の金曜日、無事に生産が承認されました。これもここに集まった皆様のおかげです。ありがとうございました」

会議の進行担当は池森だった。隣に座った久則は、会議の内容を記録していく。

「さて、ここで改めて計画を確認します。まずライン設置についてですが、資料をごらんくださいね」

池森は淀《よど》みなく話を進める。彼の声は低めだがよく通った。滑舌もいいし気が利くから、進行役には適している。

「当初の遅れから延期した生産開始日ですが、このスケジュールを元に戻せないかという案が営業側から出されました」

会議の本題に入る。営業と開発、そして生産の意見を調整するのが、生産管理部の仕事だ。営業と開発との窓口が池森で、工場との窓口が久則になる。

こういった会議は車種によって行われ、それぞれ担当が違うのだが、誰よりも池森と組むのがやりやすかった。

万事に対して調子のいい男だが、仕事ができるのは認める。

「——こちらは工場側から今週中に回答いただけるということでよろしいですか」

「それでいい」

会議は一時間半で終わった。たぶん、池森の提案が通るだろう。

ぞろぞろと会議の参加者が出ていく。会議室のドアが全開になり、さわやかな風が入ってきた。どうやら室内の空気はかなりこもっていたらしい。

「反応は悪くなかったな」

資料を手元にまとめながら池森が言った。

「そうだな。いい返事を期待しよう」

「ああ。生産には余裕を持っておきたいし……っと、やべぇ」

腕時計を見た池森は顔をしかめた。

「悪い、俺、昼から役員報告なんだ。任せていいか」

忙しい役員への報告は、昼休みに行われることも珍しくない。担当役員の席まではここから十分かかる。久則に声がかかっていないので、担当していない車種の件だろう。

「ああ、俺がやっておく。早くいけ」

「悪いな。貸しにしといてくれ」

書類とノートを手に池森が慌ただしく会議室を出ていった。

忘れ物がないのかを確認し、簡単に室内を掃除する。机の位置などを直してから、自席へ戻った。

課長と主任に簡単に会議の報告を終えたらちょうど十二時だった。昼休みはフロアの電気が消される。周りが席を立つのを見送ってから、回覧書類に目を通す。

真っ先に食堂へ行ったグループが戻ってきてから、席を立つ。

空席ができ始めた食堂の隅に座る。定食が売り切れていたので適当にトレイに載せたら、高野豆腐の煮物に、冷や奴、麻婆《マーボ》豆腐丼と豆腐づくしになった。バランスも何もあったものではない。

ここに池森がいたらきっとメニューにつっこみを入れられるだろう。そう思いながら、箸をつけていく。

一人で黙々と食べる。正面の空席を眺めながら食事を終えた。

食器を下げて自分の席へ戻る。腰を下ろした次の瞬間、神島、と声をかけられた。池森だった。

「悪いな、片付け任せて。助かったよ」

当たり前のように久則の横に立って肩に触れてくる。いつも通り、距離が近い。

「別にたいしたことじゃない。報告は終わったのか」

そっと体を離した。池森はわずかに眉を上げたものの、まあね、と口元を笑みの形にする。

「こないだのリコール対応の結果報告だったから、そんなにツッコミも入らなかったよ」

助かったと彼は大きく伸びをした。

「で、午前中の会議の議事録はお願いしていいのか」

「ああ、こちらで出す」

議事録は進行役ではなかった方が書く。これが池森と久則の間にいつしかできていたルールだった。

「よろしく。それが終わったら飲みに行こう」

「……」

久則は答えなかった。ここで頷いたら、飲みに行くのを楽しみにしているように見られそうだ。

池森はただ久則の肩を二度叩いて、自分の席へ向かった。

午後一はグループのミーティングだった。連絡事項の確認を終えると、午前中の議事録を書き始める。

この議事録を今日中に作らなくてはならない。これを理由に池森の誘いを断ろうと考えたが、電話やメールなどの雑事をこなしつつも、五時前に仕上がってしまった。

「目を通していただけますか」

プリントアウトしたものを課長に渡す。きっと直しがあると思ったのに、そのまま決裁された。

「これでいいよ。関係部署に送っておいて」

「はい」

普段は書類の配布をグループのアシスタントである女性に任せている。だが彼女の勤務時間は五時までだ。今日は自分でやろう。

メールではなくわざわざ紙で送るのは、発売前の車種情報を扱っているからだ。メールだと簡単に転送されて関係者外にも目に入る確率が上がる。

書類を必要部数コピーした。社内便用の封筒を準備し、宛名を書いていく。

こういった作業は好きだ。幼い頃からお札の袋詰めや絵馬の紐通しを手伝ってきた影響か、丁寧かつ素早く同じことを繰り返せる。

最後の封筒をテープで留め、社内便の窓口に預けた。それからフロア内の関係者に書類を配る。最後に池森の机に置いたら終わりだ。彼は打ち合わせ中なのか、姿はなかった。

フロアから帰る社員の姿が増えてきた。時計を確認する。六時十分前。――十分前？

「しまった」

小さな声で呟く。もう仕事が終わってしまった。これでは池森の誘いを断る口実がない。

机に戻って書類箱に手を伸ばす。しかしこんな時に限って回覧物もなかった。

池森の席に目をやる。まだ彼は戻っていない。

このまま帰ってしまえばいいのではないか。約束といっても、池森が勝手に言っただけだ。守る必要はない。

そうだ、帰ってしまおう。これが一番いい案だ。

「お先」

主任が立ち上がる。

「おつかれさまです」

久則もパソコンの電源を落とした。机に出していたものをしまい、立ち上がる。

「お先に失礼します」

周りに挨拶をして、フロアを出ようとした。だけどどうにも罪悪感がある。先に帰ると池森にメモを残しておくべきだろうか。なんとなくではあるが約束したような形だから、それが礼儀のような気がする。

迷いながら、携帯を手にとった。メールで帰ると告げるという手もある。そう思って一文字目を入力しようとしたその時、だった。

「お疲れ。もう準備できてんの？」

通路の向こうから、ファイルを片手に持った池森が、笑顔で近づいてくる。

「なんかすっかり帰り支度だけど。まさか、帰るなんて言わないよな」

自然と肩を抱かれていた。呆《あき》れるほどの早業《はやわざ》だ。反射的にその手を払ってから、じっとこちらを見ている視線に負けて俯いた。

「これは、……その……」

嘘がつけない自分の性格が、こんな時は恨めしい。

「とりあえずちょっと待ってろよ。五分で支度する」

池森はそう言って、席へと向かう。久則に口を挟む間を与えない、いつも通りの顔に戻っていた。そしてきっかり五分後、鞄と上着を手に戻ってくる。

「んじゃ、行くか」

そのまま会社の一駅先にある居酒屋へ行くことになった。並んで会社を出るのは奇妙な感じだ。

帰りたい気持ちを抱えたまま、足を進める。

「――ここだよ」

入ってすぐに従業員が池森を見てどうも、と言った。どうやら彼がよく来ている店らしい。創作居酒屋と書いてあった。店の名前は読めなかった。

「奥、空いてる?」

「空いてますよ、どうぞ」

入口近くのカウンターを通り抜けた奥に、のれんで仕切られたテーブル席があった。座るよう促され、久則はおとなしく席に着いた。

四角いテーブルを挟んで向かい合う。おしぼりで丁寧に手を拭う。注文は池森に任せる。彼が頼むと、驚くほどの早さでビールとお通しが運ばれてきた。

「じゃ、乾杯~」

能天気な声を上げて池森がビールのジョッキをぶつけてきた。仕方なく同じように返してから、お通しの刻んだきゅうりが載った卵豆腐に箸をつける。今日は豆腐ばかり食べている。

一口分を口に運ぶ。つるりとした食感を味わってから、もう一口。

どうにも見られている気がする。ちらりと目を向けると、池森が久則を見て頬を緩めていた。

「……なんだ」

飲み込んでからそう言うと、池森はなんでもないと笑う。そうして箸をとり、卵豆腐を口に含んだ。

「お待たせしました。里芋のサラダと出汁《だし》巻き卵になります」

久則の前に皿が二つ、並べられる。同じように池森の前にも二皿が置かれた。

「これ、ここのおすすめ。まあ食ってみてよ」

「……これが里芋なのか？」

ごろりとした里芋ではなく、薄く切られたものをまじまじと見つめる。どんな味なのか想像できない。

まずは一切れ、口にしてみた。辛味のあるマヨネーズと、ほっくりした里芋がおいしい。甘すぎないのも久則好みだった。

黙々と食べ、空いた皿を脇に退けた。

「なんでそんなに食べるの早いの」

テーブルに行儀悪く肘をついた池森が問いかけてくる。

「……早いか？」

ビールがあるから、これでもゆっくり食べているつもりだった。だが池森は首を縦に何度も振っている。

「うん、かなり。昼も黙って早く食べてるから、面白いなぁと思って見てた」

「面白い？」

一体どこに、そんなことを言われる要素があるのだろう。久則は首を傾げた
「かなりね。なんか言えばいいのに」

「うちでは食事中に喋ってはいけないと教えられた」

話すことなど考えられない。そう続けると、池森はビールを飲みかけていたのをやめてまじまじと久則を見た。

「は？　それじゃあつまんないじゃん。飯食うのも楽しもうぜ」

そんなことを言われても、と久則は視線を伏せた。

話しながら食事するという概念が久則にはなかった。物心ついた時から、食事は無言でするものだった。それをどうやって楽しめばいいのか。

「とりあえず、顔を上げて。話しながら食べよう」

「……何を話すというのだ」

へらへらと笑っている池森の目を真っ直ぐに見る。すると彼は口元を引き締めた。視線が外される。

「うーん、そうだな。あ、ひとつ聞きたかったんだ。神主って資格がいるんだって？」

黙って頷く。池森が身を乗り出した。

「どうやってその資格とるの？　試験があるの？」

「試験を経る場合もある。なりかたは色々だ。俺は二年間、養成所に通った」

神社に奉仕しながら学んだ二年間を思い出す。厳しくも充実した毎日だったが、特に大変だったのは食事だ。養成所では、全員が食べ終わるまで正座が続く。好き嫌いなど許されない。そのせいでいっそう、黙って食べることに拍車がかかった気がする。

「へぇ。いつ通う暇があったんだ？」

「大学を休学して通った」

三年生への進級時に休学したのは、ちょうどきりがいいからだった。

「なるほど。それで納得」

うんうんと池森は首を上下させている。それでは彼が何を納得したのか、久則には分からない。

「納得？　何を？」

「入社した時さ、同い年なのに大卒だからどうしたんだろうって気になったんだ。浪人や留年するってタイプにも見えないから、なんでかなと思ってた」

池森は同い年だが院卒で入社している。都内の有名大学の工学部出身だと聞いていた。

「神職資格の取得を優先したせいだ。二年卒業が遅れて、院卒と同じ年齢になった」

「で、就職したわけか。院に進もうとは思わなかったの？」

そう聞いてから、池森はビールをうまそうに飲んだ。

「進みたいとは思っていたが……」

視線をテーブルに落とす。久則もそのつもりだった。

「ん、なんか事情あり？」

身を乗り出してきた池森に、曖昧に首を振った。

「たいしたことではない。ただ、早く実家近くに就職するように言われただけだ」

寿子は高校に入る際、家を継ぐ代わりに自分は絶対に大学まで進むと宣言した。そうなると在学中は島を離れねばならない。たった四年間とはいえ、もし島に何かあった時、すぐに帰れる距離に巫女がいないのは困る。

存命だった祖母にその間だけでも帰ってきてくれと言われ、久則は断れなかった。そもそも大学だって、母には神道学科に進むように言われていた。それを拒んだのは、自分が後継ぎではないという現実があったせいだ。

その時、久則の味方になってくれたのが祖母だった。祖母は母をたしなめ、神職の資格は別にとればいいから、大学では好きなことを勉強しなさいと言ってくれた。おかげで久則はずっと興味があった機械工学を学ぶことができた。それに恩を感じているからこそ、久則は院に進むのを諦めて祖母に紹介されたイハラ自動車にエントリーした。内定が出た時に祖母は喜んでくれたが、残念ながら久則が入社する前に亡くなってしまった。

「あ、なるほど」

そこで池森はほんの少しだけ表情を曇らせた。それからわざとらしいくらいに明るい声を出した。

「お前って研究室にいるのが似合うタイプだよな」

「そうか？」

出汁巻き卵と、添えられた大根おろしを小皿にとる。

「実験のデータとかちゃんと取ってくれそう」

「ああ、それはきっちり取る。当然だろう」

喋っている時はどんなタイミングで口にものを運べばいいのだろう。戸惑いつつ、会話が途切れるタイミングを待って一口分を口に運んだ。

「……うまいな」

皿に残っている、つやつやとした黄色い卵を見つめる。ふんわりと広がる味が優しくて驚いた。

「だろ？　俺、出汁巻き卵は甘くない派なんだよね。お前は？」

「これくらいがちょうどいい」

「じゃ、甘くない派ってことか。一緒だな」

池森が表情を崩した。嬉しそうなのが不思議だ。好みが同じというだけじゃないか。

それから池森は、料理の皿が運ばれてくる度に口に合うか聞いてくる。

「──なんでそんなに俺のことばかり聞くんだ」

空いた皿を下げてもらうタイミングで聞いてみた。ここまで池森は久則に質問してばかりで、自分のことを話そうとはしていない。

話しすぎて少し疲れてきていた。久則は職場の飲み会は最低限しか出席しないし、参加はしても喋らない。話しかけられれば答える程度で、いつも一次会で帰っている。

そんな自分が、今日にたくさん話しているのだ。疲れるのも当然と思えた。

「え、言わないと分かんない？」

急にもったいぶった口ぶりになった池森を軽く睨んだ。

「理由があるならさっさと言え」

「お前のことが気になってるんだよ」

程よくざわめいていた店の中が、一瞬とても静かになった、気がした。池森の視線に気がついて視線を落とす。

「忘れられないんだよ。あの夜のこと。巫女さんの姿をしたお前がかわいかった。目を閉じたら思い出す」

半個室だ。

「だ、黙れっ」

誰かに聞かれたらどうするつもりかと、周囲を見回す。だがここはのれんで仕切られた半個室だ。

ほっと息をついたその時、テーブルに置いていた右手をとられた。

「なっ……」

「毎晩、お前のこと思い出してる。これって惚《ほ》れたってことじゃないかな」

真っ直ぐに見つめられ、久則は唇を噛んだ。惚れたなんてありえない。信用できない言葉なのに、どうして彼の目はそんなに真摯《しんし》な色を浮かべているのか。

「冗談はやめてくれ。……あれは、その……忘れてくれる約束だろ」

あの夜の出来事が脳裏にちらつく。焦《あせ》って久則は頭を振った。あれは神事だ。決していやらしいことではない……。

「そんな約束、俺はしてない」

池森はにやりと笑う。

「とにかくゆっくり口説《くど》いていくから、覚悟しな」

そう言って彼は手を離す。だが彼の体温は、手の甲に残されたままだった。

ゆっくり口説く。池森のその発言が嘘だと、久則は翌日には確信していた。だって、たったの一日で、久則の携帯電話の着信とメール受信の履歴が池森でいっぱいになってしまったのだ。

とにかく池森は、どうでもいいことをメールしてくる。おはようからおやすみまで、仕事からプライベートに渡って見境なく。

これのどこがゆっくりだと言うのだろう。どう考えてもハイペースだ。ついていけないから返事はろくにしていない。そもそも久則は、池森が送ってくる彼の夕食のメニューなどに興味はなかった。

それでも携帯がメールの着信を告げる度に気になってしまうのは、寿子からの連絡がないからだ。一体どこにいるのだろう。

日課のように毎朝、寿子の携帯へメッセージを残していた。昼休みにはメールをする。これだけしても、届いたメールは全部池森からだった。

窓に頭を預け、久則は小さくため息をつく。今日は島近くの工場での打ち合わせのため、本社と工場を結ぶ片道一時間半の連絡バスに乗っていた。池森も同じ打ち合わせに参加予定だが、彼はぎりぎりにバスに乗ってきたため、席は離れている。久則の隣には年配の男性社員が座っていた。

バスが工場の敷地内に入り、速度を落とす。久則は寿子からメールが入っていないことを確認してから、携帯を鞄にしまった。

「ありがとうございました」

運転手に挨拶をしてバスを降りる。少し後から、池森も降りてきた。

「時間ぴったりだ」

時計を見た池森が言う。確かにちょうど到着予定時刻だった。

「そうだな。……行こう」

池森を促し、工場のエントランスを通り抜ける。実際の生産現場に入る前に、作業着と帽子を身に付けた。

準備を整え、池森を見る。彼もまた、久則と同じ格好だ。

「お前、作業着が似合わないな」

思わずそう言ってしまった。端整な顔立ちでスタイルの良い彼には、作業着が浮いていたのだ。

「お前もな」

そう言われて、久典も自分の姿を確認した。確かに自分もあまり似合っているとは言えないが、池森ほどではない気がする。

「さ、じゃあ作業服似合わないコンビで行きますか」

肩を叩かれる。そのまま二人で歩き出した。手を払ってもまた伸びてくる。この距離感の近さはなんだろう。自分にはとてもできない芸当だ。

工場の会議室のドアは、池森が開けた。

「こんにちはー」

池森の大きな声に、もう席に着いていた面々がそれぞれ挨拶をする。

「失礼します」

久則も頭を下げた。

「相変わらずちゃらちゃらしてんな、お前は」

新車の生産ラインのまとめ役の課長が、池森の背を叩いた。がっしりとした体つきに大きな声の課長は、いかにも現場の叩き上げといったオーラと頼もしさに溢れている。

「えー、どこがですか。俺みたいな真面目な男を捕まえて」

池森も軽口で応戦し、課長の隣の椅子に座った。久則もその横につく。

「真面目って言葉の意味を辞書で調べとけ」

「おかしいな、俺の辞書では、俺の名前が真面目の代名詞なんですけど」

池森がわざとらしく口を尖らせる。それを課長が笑う。会議室の雰囲気が奇妙なほど明るい。これは池森がいるからに違いなかった。

工場で顔を合わせる社員はほぼ年上で、職人気質の人ばかりだ。久則はいつも失礼がないように気を遣っていた。そんな自分からすると、池森の親しげな言動にははらはらしてしまう。


「時間なんで始めるぞ」

課長がホワイトボードの前に立つ。置いてあった資料を手にとった。今日の議題は生産スケジュールの見直しと調整だ。

「元の予定に戻すに当たって、問題となるのが部品の調達とライン調整だ。今回はまず、この時期に開いているサブラインを活用して組立て試作車を作ることにする」

課長の説明が続く。工場での作業の順序及び作業分担決定の基となる、先行順位図が広げられた。

懸念事項をそれぞれの担当者が解決していく。特に大きな問題はなく、話はすぐにまとまった。

「——最後に、組立て用の試作車について。工程を再度検討したところ、これまでとは違う角度での作業が必要となることが分かった。練習が必要なので、試作車は当初三台の予定だったが、五台にできないか調整中だ。その点も頭に入れて計画を立てて欲しい」

「分かりました。試作チームに連絡しておきます」

メモをとる。後でメールしておこう。

会議は静かに続く。連絡や確認が殆どのため、時間より十五分も早く終わった。

これだけのために時間をかけて工場まで来たのかと考えてしまうのは、久則が会議の席を得意としていないせいだろうか。

「お疲れ様でしたー。な、急げば一本早いバスに乗れるぜ」

池森が腕時計を指差した。

「そうか。では急ごう」

挨拶をして会議室を出る。間に合うなら少しでも早く帰りたい。ここにいても特にすることはないのだ。

「おや、これはどうも。作業着だと誰か分かりませんでした。本社から出張ですか」

エントランスで安全管理を担当する部署の人に会った。

「ええ」

彼は久則を社員というよりも神主として認識しているのだろう。珍しそうに上から下まで見られた。覚えた居心地の悪さを胸に封じ込め、お辞儀をしてその場を離れた。

本社に戻るバスの時間まであと十分もない。バス乗り場まで急ぐ。池森は黙ったまま後ろを付いてきた。

神職であっても、会社では普通に仕事をする。自分はやるべきことをしているだけだ。

それなのにどうしてこんなに胸がざわめくのだろう。

乗り場で本社へ行くバスを待ちながら、作業着を脱いで片手に持つ。いつもはうるさいほど喋るくせに、池森はどうしてこんな時だけ無口なのか。今なら昨日の夕食の話くらいするのに。

出発時間の五分前、やってきた小型バスに乗り込む。池森は当然のように、久則の隣に腰かけた。他の席はまだ空いているというのに、肩がくっつく距離だ。

「な、さっきの人って誰?」

前置きなしに池森が聞いてきた。やはり気になっていたのか。心の中でため息をつく。

「工場の安全管理の担当者だ。……工場内の神社も彼の管轄になっている」

その短い説明で、池森は察したらしい。なるほど、と頷いてから、首を傾げる。

「そういや、お前ってみんなに家のことを話してないよな」

「課長までしか話してない。話す必要はないだろ」

目を閉じて答えた。

「どうして? 話さないと何も分からないだろ」

「別に分かってもらわなくても……」

視線を感じて片目を開けた。池森は彼らしくない真顔で、久則を見つめている。

「そうやっていつも壁を作ってるけど、それでいいことあんの?」

「……」

いいはずがないことくらい、分かっている。だけどどうすればいいのか。答えられずに口を噤《つぐ》む。

久則には友人と呼べる人間がほとんどいなかった。中学まで生活していた島には同世代が極端に少なかった上、神島家の者だと分かっているからどこか遠巻きだった。

高校は船で通った。遅くなると帰れなくなるから部活には入らず、家の手伝いをしたり、寿子に勉強を教えたりする日々を過ごした。

上京して通った大学は工学部で男ばかりだった。入学した当初はそれなりに友人ができたのだが、神職資格をとるため三年進学時に休学している間に、友人たちは卒業していった。今では年賀状のやりとりをしているくらいだ。復学後に知り合ったのはゼミの数人だけで、特別親しくもならずに終わった。

要するに、久則の世界はとても小さくまとまっていた。そしてその中に、池森のような騒がしい男はいない。

何もかもが珍しかった。きっと池森にとっても、久則は珍しいタイプなのだろう。だから構うのかもしれない。

きつく目を瞑《つむ》った。厄介な男と関係を持ってしまった。とにかく距離が近いし馴れ馴れしすぎる。こうしていても肩が触れるのが気になるから、早くバスが動き出してくれないだろうか。

「なんだよ、寝るの。……そうだ、これ、俺のおすすめ。一緒に聞こう」

有無を言わさず、池森が左耳にイヤホンを入れてくる。聞こえてくる騒がしい音に眉を寄せた。どうやら英語の歌だとは分かったけれど、歌詞は聞き取れない。

だがこれを聞いている間は池森も黙るだろう。そう思って久則が腕を組んだ時、携帯に着信があった。

連絡がとれていない寿子だろうか。すぐにディスプレイを確認する。

「……わざわざメールしてくるな」

メールの送信者は池森だった。お疲れ様、なんてわざわざ送らなくても口で言えば済む。隣に座っているのに何を考えているのか。全く、馬鹿なことをする。

「寝る」

イヤホンを外して池森に押しつけ、シートに頭を預けた。

「なんだよ、ちゃんとメール見てくれって」

ほら、と迫ってくる池森を無視して、窓に頭を預けた。とにかく、池森といるとペースが乱れる。

やっと動き出したバスに感謝しつつ、久則は目を閉じた。

「試作の台数が増える？　そんなの聞いてないぞ」

低く唸《うな》るような声が会議室に響き渡る。書類の投げ出される音に、久則は固まった。

「それは……」

頭が真っ白になった。

久則の前で怒りを露わにしているのは、組立て作業チームのリーダーだ。今日は彼が工場から本社に出張してきている。

「先日、メールしたのですが……」

なんとか声を絞り出す。ぎろりと飛び出そうな大きな目で睨まれて、久則は軽く唇を噛んだ。

今日の会議は、試作車の台数が増えたことの報告から始まった。あの後、本社に戻ってすぐにメールで連絡している。もちろん、組立て作業チームのリーダーにも。

「は？　メールなんて見てねぇよ」

だが、久則たちのような管理部門は一人に一台パソコンがあるけれど、工場は違う。メールを確認するのも毎日ではないと知っていた。だから重要な用件は電話をしようと、池森とも話してあった。

それなのに、電話をするのを忘れてしまった。あまりに初歩的なミスだった。久則は謝るしかない。

「とにかく、できねぇもんはできねぇ。大体、ちゃんと連絡しないってどういうことだ？」

腕組みしたリーダーは怒りで顔を真っ赤にしていた。

「……申し訳ありません」

「まあそう言っても、メールは送ってますから、ね」

割って入ってきたのは池森だった。

「電話しなかったのはすみませんでした。俺がするつもりだったのに忘れちゃって」

顔の前で手を合わせた池森が頭を下げる。違う、と言おうとしたのにうまく声が出ない。

これは彼の責任じゃない。悪いのは自分だ。

「お前が？」

チームリーダーが池森を見る。険《けわ》しかった顔がほんの少しだけ柔らかくなった。

「そうです。次から気をつけます」

池森が謝ってくれた。

「――まあ、お前が言うならしょうがねぇか。急いで調整するけど、期待すんじゃねぇぞ」

「よろしくお願いします」

久則も池森に続く形で頭を下げる。チームリーダーは頭をかいて立ち上がった。

「こうなったら少しでも早い方がいい、連絡してくる」

会議室を出ていく背中を見送る。室内の張りつめた空気が解ける。

久則は隣の池森に小声で言った。

「すまない。電話で確認しなかった俺のミスだ」

「まあそうだな。次から本当に気をつけろよ。とりあえず今は、丸く収めることを優先しようぜ」

な、と笑う池森が、今日はひどく頼もしく見える。

数分後、戻ってきたチームリーダーは、池森に顔を向けて言った。

「どうにかなりそうだ」

「ありがとうございます」

池森が言い、久則もそれに続く。チームリーダーは席に着くと、まあ、と小さめの声で言った。

「メールはちゃんと見るようにするよ」

そこから打ち合わせは問題なく進んだ。額に滲んでいた汗を拭う。進行役の池森が会議の終わりを告げ、久則は肩の力を抜いた。

どうなることかと思ったが、丸く収まった。池森にちゃんと礼を言わなくてはと思った時、彼の方から近づいてきた。

「そうだ、この後に一杯、どうですか」

その場にいた打ち合わせメンバー全員に聞こえる声で、池森が言った。

「お、いいな。そうするか」

まずそう言ったのはチームリーダーだった。

「今日はこっちで泊まりなんだ。んじゃ、行くか」

「ええ。神島も一緒に、な」

池森は久則の背に手を置いた。

「おい、勝手に……」

「いいから」

ほら行くぞ、と歩きだした池森を追いかける。

「今の会議の議事録はどうするんだ。それに俺は今日も車で来ている」

「そんなの明日でいいって。車は会社に置いていけばいいだろ。ほら、パソコン落として来い。十分後には出るからな」

池森はどこかへ電話をし始めた。釈然としない気持ちのまま、久則は席に戻る。課長に簡単に打ち合わせの結果を報告してから、パソコンの電源を落とした。

「行こうか」

腕をとられる。慌ただしく周囲に挨拶をしてから、会議室前で待っていた打ち合わせのメンバー全員で会社を出た。

「じゃ、こっちです」

引率するのは池森だ。彼は久則の腕を摑んでいるから、必然的に先頭を共に歩くことになる。

向かった先は、会社近くにある小料理屋だった。池森が名乗ったのを聞いて、さっき彼が店を予約していたのだと分かる。本当に気が回る男だ。

「ではこちらへどうぞ」

座敷に押し込まれる。乾杯といってビールを飲む。あっという間の展開に久則は追いつけず、気がつけば飲まされていた。

池森といるといつもこうなる。彼のペースは自分と違いすぎて、拒めずに流されてしまうのだ。

「ここいいか」

強面《こわもて》のチームリーダーが、久則の横にやってきた。仕事の時とは違って柔らかい表情をしている。

「もちろんです、どうぞ」

「こうやってお前と飲むのは初めてだな。一度ゆっくり、話をしてみたかったんだ」

どかっと音を立てて座ったリーダーが久則に体を向けてくる。自然と背筋が伸びた。

「神島さんは独身かい」

いきなりプライベートな話題を切り出されて、すぐに返事ができなかった。

「……はい。なかなかご縁がなくて」

曖昧な言葉でごまかす。縁がなかったのは本当だ。島では同世代の女子が少なく、いたとしても親しくなる機会がなかった。

島を出てからも周りは男ばかりだった。それでも、たぶん人並みくらいには合コンの誘いはあった。参加して気が合った人もいた。

だけど付き合いは続かない。どうせ自分も寿子のように家が決めた相手と結婚することになるのかと想像する内に、疎遠になってしまうのが常だった。

「んじゃ、池森に紹介してもらいな。こいつの携帯、女の連絡先でいっぱいだから」

正面に座っていた隣の課の課長が池森を小突いた。

「そんなことないですって。誤解ですよ」

上司に言われた池森が焦った顔で言った。

「そうでしょうね」

久則が相槌《あいづち》を打つと、池森はいっそう慌てたように否定する。その姿がいつも余裕な彼らしくなくて、笑ってしまった。

こうやって他部署の人を含めて飲むのは初めてだが、あまり身構えなくてもよさそうだ。

例祭後など、ご神前に供えた御饌《みけ》や御酒《みき》を氏子の方々といただく直会という行事がある。その時と同じだなと思うと、かなり気が楽になった。

「お前、日本酒はいけるのか」

いつの間にかチームリーダーは日本酒の入ったグラスを二人分、用意している。

「強くはありませんが……」

「そうか。じゃあ飲め」

「……いただきます」

久則は注がれた日本酒を口に含んだ。すっきりとした辛さが、体に染みた。


眩しい。瞼の向こうが明るくて、久則は身じろいだ。

電気を点けたまま寝てしまったのだろうか。いつもちゃんと消すのにおかしいと思ったら、目が冴《さ》えてきた。

瞼を上げる。視界に見慣れぬベージュが広がっていた。目を擦る。部屋の天井はアイボリーだったはずだが、とぼんやりと考えてから、周囲を見回した。

「……ん？」

肘をついて、もう一度、周りを見る。

低いベッドの上に寝ていたようだ。白と濃い茶色を基調にした空間は、まるで映画のセットから抜け出したかのように洗練されている。

久則の部屋ではない。もちろん実家でもない。――ここはどこだ？

「起きた？」

声がした方向に顔を向ける。ドアから入ってきたのは池森だった。

「あ、ああ……。ここは？」

差し出された水のペットボトルを受け取る。

「俺の部屋。お前、ちょっとハイペースに飲みすぎ。つぶれんの早かったぞ」

「つぶれた？」

その言葉をすぐには理解できなかった。一気に血の気が引いた。急に寒くなって体が震える。どうやら自分は、酒の席で酔いつぶれてしまったらしい。

「迷惑をかけたようで申し訳ない」

こんな失態は初めてだった。ベッドの上ではあるが正座して頭を下げる。そうするとくらりと世界が揺れた。

「おい、大丈夫か？」

「……平気だ」

顔を上げる。少し頭が痛いが、気になるほどではなかった。

額に手を置く。記憶を遡《さかのぼ》ろうにも、乾杯後、勧められるまま飲んだところまでしか浮かばない。

「俺は、その……失礼をしたか?」

恐る恐る問いかける。何かしでかしていたらどうしよう。

「いや、気がついたら寝てた。お開きって言っても起きないから、ここに連れて来たんだよ。お前の家がどこか知らなかったからさ」

「そ、そうか」

池森に嘘を言っている様子はなかった。ほっと胸を撫で下ろす。

「迷惑をかけたな」

「たまにはこういうこともあるさ。ま、俺は下心があったからちょうどいいんだけど」

ベッドに腰を下ろした池森が笑う。下心? なんの話だろう。

「本当にすまない。このお礼はまた後日させてもらう。とにかく今日は失礼する」

立ち上がろうとした久則の手を、池森が摑んだ。

「帰すわけないだろ。とっくに終電は出てる時間だぞ。泊まってここから出社すればいい」

腕時計を見る。日付が変わっていた。電車はもう終わっている。確か池森は会社の近くに住んでいたはずだ。

「そうか……」

ここから家に帰るよりも、池森が言うとおり、一晩泊めてもらうのが良策に思えた。

「では、世話になってもいいだろうか」

「そりゃいいけどさ。……お前、天然なの？　それともわざと？」

問いかけられた意味が分からず首を傾げる。はぁ、と池森は大げさにため息をついて、両手を天に向けた。

「仮にもお前に惚れたと言ってる男の前で、無防備すぎるだろ。お泊まりってことは、了解って判断するからな」

「……了解？　何をだ？」

肩を抱かれてやっと、池森が何をしようとしているか気がついた。下心、というのがどういう意味なのかも。

全身の毛穴がぶわっと逆立つ。慌てて池森と距離を置いた。

「そんな逃げんなって」

心外そうに眉を寄せた池森に、頭を下げた。

「頼む。あの時のことは忘れてくれ」

「いやだ」

池森は笑顔で言った。

「あんなの忘れろって言われても無理だよ」

歪められた口元を直視できずに俯く。

確かにあれは、久則にとっても強烈な出来事だった。だがあれは、あの時、あの場所だからこそできたことだ。

「なぁ」

頬に手が置かれる。払おうとしても、ベッドに膝を乗り上げた池森が追いかけてきた。

「やめろ、離せっ」

「いやだね」

そのまま体重をかけてこられた。バランスを崩した体を、その場に押し倒される。

「やめっ」

のしかかってくる男から逃れようとしたが、馬乗りになられて動きを封じられた。身の危険に体が強張る。

「お前だって感じてただろ」

吐息が触れる距離まで顔を近づけて、池森が目の奥を覗いてきた。

「あれは……」

否定したい。だが自分の体の反応を覚えているだけに躊躇《ちゆうちょ》する。

それでも、感じていると認めたくなかった。だから必死に、あの反応の言い訳をする。

「錯覚したのだ。お前が神様なのだと」

言葉を選びながら、池森の肩を押した。

あれは神事だった。乱れてしまったのは、池森に神様が宿った結果だ。あの状況を説明すると、そういうことになる。

「は？」

組み敷いていた池森の手から力が抜けたのを見計らい、彼の下から抜け出た。

池森の目を真っ直ぐに見る。このまま彼を正気に戻そうと、諭《さと》すように言った。

「お前だって、あれが特殊な状況だから興奮したのではないか？」

「どういう意味？」

訳が分からないといった表情を浮かべる池森に、噛んで含めるように続ける。

「あの時、俺は巫女装束を着ていた。お前はそれに興奮した。そうじゃないか？」

池森がゆっくりと瞬きをした。次にため息をつき、それから髪をかき上げて天を仰ぐ。

大げさだが彼らしい仕草だ。

どうやら分かってくれたようだ。ほっと胸を撫で下ろした次の瞬間、久則は池森に抱きしめられていた。

「お、おい」

首筋にかかる熱い息に体が竦む。彼の鼓動まで感じてしまいそうで、離れたいのに彼の力が強くて逃げられない。

「そう思うなら、試してみよう。普段のお前に欲情するかどうか」

「……え、やめろっ、離せっ……」

既に緩んでいたネクタイを解かれる。

「何事も確かめなければ分からないだろ。仕事の基本だ」

耳朶《じた》に噛みつかれ、シャツの上からまさぐられる。池森の手つきが擽ったくて、身をよじった。

「逃げるなって」

池森が体重をかけてきた。そのままベッドへと、勢いよく押し倒される。

「いたっ」

背中に痛みが走り、顔をしかめた。ごめん、と宥めるように額に唇が押し当てられる。

「優しくする。……だから、あんまり暴れないで」

「いやだ、や、めっ……」

足の間に体を置いた池森がのしかかってきた。一気に無くなった距離のせいで、彼の体温や息遣いを近くで感じる羽目になる。まずい。本能が警告していた。

「離せっ……っ……」

手首をシーツに縫い留めるように抑えつけられた状態の久則に、池森が顔を近づけてくる。頭を打ち振って逃げても彼の顔は追いかけてきて、有無を言わさず唇を重ねられた。

柔らかな感触が唇を覆う。ぬるりとしたものが表面を舐める。それが彼の舌だと気がついて、体が強張った。

「ん、んんっ」

上唇を吸われたり噛んだりされている内に、息が苦しくなる。引き結んでいた唇を開かせようとする舌の動きがもどかしい。

それでも抵抗していると、池森がシャツの上から乳首を摘まんだ。そこがちぎれそうなほどきつく。

「あっ」

びりびりと、電流のような痺れが全身を貫いた。体がその場で跳ねる。痛い、と言いたかった。だけどそれだけではないと、久則自身が良く分かっている。

「乳首の感度いいよなぁ」

「……そんな、ことは……」

ない、と否定しようとしたのに、うまく言葉が紡《つむ》げない。

「ん、感じてる自覚ないの？　こんなに尖っちゃってるのに」

ほら、とシャツの上から、乳首を摘ままれた。鈍い刺激に頭を打ち振る。

言われなくたって、そこがどんな状態かくらいは分かっている。硬く立ち上がってシャツを押し上げるその反応は生理的なものだ。決して、快感ではない……。

「っ、あ……」

強く引っ張られたせいで、甲高い声を上げてしまう。これでは感じていると言ってるのと同じだ。

「ほら、感じてる」

「うるさ、いっ……離せっ……」

背中を叩いても、肩を殴っても、池森の体はびくともしない。そればかりか、久則の抵抗を楽しむように目を細めている。

「離さないよ。ちゃんと確かめるまでは」

池森の顔が胸元に近づいてくる。その目に宿る欲望に気がついて、久則は咄嗟に目を閉じた。

「あっ……」

シャツの上から、乳首を吸われた。もどかしい刺激に反応したそこが、いっそう硬く尖ってしまう。

「やめ、ろっ……」

「んっ、……なん、で……？　こうされると、気持ち良くない？」

濡れて張りついたシャツ越しに、突起を弄られる。最初は擽ったさが勝っていて耐えられたけれど、徐々にじっとしていられなくなってきた。

腰の奥から湧《わ》き上がってくる熱が、全身を巡る。指先まで熱くなるのに怯えて、唇を噛んだ。

「俺さ、この前の日曜日に近所の神社に行ったんだ」

不意に池森がそう言って、懐くように久則の胸元に頭を預けた。

「かわいい巫女さんがいたよ。だけどさ、全然興奮しないの。すがすがしい気分で参拝して終わり。おかしいと思わない？　お前の巫女姿は興奮したのに」

「……何が、言いたい」

シャツの裾を引きずり出される。腰に触れた池森の手が冷たくて驚いた。

「つまり俺は、お前を好きになったってこと」

彼が口にした言葉を、すぐには理解できなかった。

「好き？　そんなこと……」

「あるわけないと思ってる？」

語尾を奪うように聞かれる。

当然だ。だって自分たちは男同士なのだ。それに久則には、池森が好きになる要素が何ひとつない。

無言を肯定と受け取ったのか、池森は表情を引き締めた。そうすると顔立ちが整っているだけにひどく冷たい印象に変わる。

「ふーん、やっぱりそう。まあ俺だって少しは悩んだから、すぐには信じられないかもしれないけど」

頬をそっと撫でられる。その指先は、顔とは裏腹にひどく優しい。だからこそ恐怖を覚えた。池森が何を考えているのか、よく分からない。

「これから意識して。俺はこういうことも込みで、お前のことが好きなんだ」

「……あっ」

池森の指が体のラインを辿る。触れられたところから熱くなって、呼吸がうまくできない。

丁寧にベルトが外される。スラックスを太ももの位置まで下げられ、下着が露わになってしまう。

「心にも体にも教えてあげる。俺がお前を大好きなんだって」

鎖骨の辺りに嚙みつかれた。皮膚に食い込む歯の硬さにたじろぐ。このまま食われてしまいそうな恐怖に体が強張った。

「そんなに緊張しなくても大丈夫だって、ひどいことはしないから。力を抜いて、いいところを教えて。……こっちも、舐められるの好きかな？」

下着の上から、性器の形を確かめるように舐めしゃぶられる。もどかしい刺激にもそこは反応して、どんどん硬くなっていく。どくんと、力強く脈打ったらもう、下着が窮屈になった。

「っ……、や、めっ……」

一日働いて、それなりに汗をかいている。その状態で体を舐められるのは、たとえ下着越しとはいえ恥ずかしい。

だけど嫌がるほど池森は執拗《しつよう》に、久則の体に触れた。張りつく布の感触に眉を寄せる。湿った布が不快だけどどうにもできない。手足にうまく力が入らないのは、きっと酔っているせいだ。

「あっ……」

いつの間にかベッドに深く体を沈めていた。押さえつけられてもいないのに、身も心も抵抗を忘れている。体の芯が痺れてしまったみたいで、指一本すら動かせない。

そんな状態だから、湿った下着を太ももの辺りで留まっていたスラックスと共に脱がされても、ろくに拒めなかった。

池森の右手が、久則の性器を包む。輪にした指が根元を緩く扱くから、そこに全身の血液が集中してしまう。

「んんっ……」

薄く開いた唇に、左手の指が入ってくる。噛んでやろうと思ったのに、頬の内側を擦られて力が抜けた。

「っ……は、ぁ……」

舐めて濡らした指が、下肢へと伸びる。迷うことなく足の付け根に進んだそれが、最奥を探り当てた。

初めてではない。しかし前回は、神事という理由があった。では今回はどうか。一応、気持ちの確認をするなんて言っていたけれど、そのために体を開くなんて、どう考えてもおかしい。

それなのに、拒絶できない。なぜかなんて、考えても分からなかった。ただとにかく、こうして同性に組み敷かれるというありえない状況なのに、嫌悪感がないことに久則は絶望する。

「……ふ、ぁ……」

池森の指が窄まりに触れた。表面を撫でてからゆっくりと埋められる。異物に驚いたそこが収縮すると、まるで彼の指を歓迎しているみたいだった。

「フィジカルから始まる恋愛もありだと思うんだよ、俺」

指が最奥をまさぐる。粘膜を確認するように撫でさすりながら奥へと進んでいく。

「うっ……」

意識が下肢へと向かう。埋めた指を軽く引かれただけで、全身が粟立った。

「俺を好きになる可能性はゼロ？」

耳元に問いかけられる。こんな状況で聞かれたって、うまく答えられるはずもない。ただ息を吸い、吐くだけで精一杯だ。

「ね、答えてよ」

甘えた声が首筋を擽る。

「……当たり前、だ……」

なんとか絞り出した声で言った。可能性はゼロに決まっている。

「どうして？　俺、悪くないと思うんだけど」

自信に溢れた男に言葉を失う。どういう思考回路があれば、ここまでポジティブになれるのだろう。

「……うるさい。もう黙れ」

これ以上、池森のやたらと糖度の高い声を聞いていたらおかしくなる。

「黙って気持ち良くして欲しいってことか。了解、頑張るよ」

どこまでも自分に都合のいい解釈をして、と言い返したかった。だけどそんな余裕などなく、ただ池森の指に翻弄される。

いつしか指の数が増えていた。何か水分を足したのか、くちゅっといやらしい音がしている。

「うっ……」

指をぐるりと回される。埋められた指を後孔が締めつける。最初は侵入を拒んでいたそこは、もう緩みほぐれていた。そこが熱《う》れているのが分かり、久則はきつく目を閉じた。

どうしてこんなに、この体は快感に弱いのか。熱に翻弄されて痴態を晒してしまう自分を恥じる。

できるなら感じていると認めたくない。だけど自分は、池森に触れられるとぐずぐずになってしまう。それは揺るぎない事実だ。

「……？」

指が引き抜かれた上、体が一気に軽くなる。薄目で確認すると、覆いかぶさっていた池森が体を起こしていた。

「俺、こんなに興奮してるけど」

膝立ちになった池森が、下着から昂ぶりを取り出す。

無意識に喉《のど》が鳴る。たった一晩の記憶が脳裏にちらついた。これを体に受け入れたあの夜、覚えたのが痛みだけだったらどれだけ良かっただろう。

「なあ、これで俺はお前に欲情してるって、信じてくれたか」

とてもじゃないが答える余裕はなかった。とにかくこの、体の中へと蓄積されていく行き場のない熱をどうにかしたい。

「神島」

耳に息がかかる。毛穴がぶわりと開くような感覚に震えが走る。

「……久則」

名前を呼ばれた瞬間、体の奥が急に熱くなった。

「なっ……」

急速に体が熱くなる。じっとしていられず身をよじった。ただ名前を呼ばれただけで、どうしてこんな風になるのか。分からない。

「はは、名前に反応するんだ。ね、お前のせいでこんなでかくなっちゃった。……そろそろかわいがってくれる？」

濡れた後孔に昂ぶりが宛てがわれる。丸みを帯びた先端から熱が伝わってきた。無意識に逃げようとする体を捉えられ、両足を持ち上げられてしまう。

「うあっ……」

狭い場所をこじ開けるようにして、昂ぶりが入ってくる。指とは違う圧迫感に息が詰まった。無理だと思った。

「く、きつっ……力、入りすぎだって」

「ああっ」

熱を失いかけていた昂ぶりに指が絡みついた。痛いくらいの強さで扱かれて、そこへ血液が集中する。

「……離せっ……」

彼の手の中で、性器が形を変えていく。先端に滲んだ体液を指ですくっては塗りつけられて、そこが痛いくらいに膨《ふく》らむ。

「ううっ……」

意識が前に向かっていたせいで、余計な力が抜けていたらしい。裂けそうなほど広がった窄まりを、硬い先端が擦りながら奥へ進む。

「力を抜いて。そう、……っ、そう、いいよ……」

最奥をいっぱいにする熱さから逃げ出したい。このままでは内側から焼ける。だが腰を摑まれて固定され、ぐぐっと奥まで埋められてしまう。

「っ、……うっ……」

火照った体は、池森の昂ぶりを根元まで飲み込んだ。まるで喜ばせようとしているかのようにまとわりついてしまう。

「吸いついてくる。たまんないな」

池森が動き出した。内側が引っ張りだされては埋められる感覚に、身をよじる。時々、どうしても声が出てしまう場所を擦られてはのけぞった。

「あ、ああっ……そこ、やだっ……」

「いやじゃないだろ。こんな腰を振っちゃってるくせに」

池森が喋る度に、内側にある彼の存在を強く意識してしまう。

乳首を摘まれる。びくん、と震えた体は、更に奥までの侵入を許してしまった。もう無理だと思っていた、その先へ。

きゅうっと音を立てて襞が収縮する。侵入を拒む動きだ。

「っ、おい、締めすぎ」

池森が呻く。どうやら逆効果だったらしく、彼の昂ぶりが脈打った。

「や、も、ムリ、だ……」

「じゃあ、やめようか」

池森の動きが止まる。久則はほっと息を吐いた。よかった、これ以上の痴態を晒さなくて済む。

体から力が抜ける。呼吸を整え、一向に離れる様子のない池森を見上げる。彼はわずかに汗を滲ませながら、久則を見下ろしていた。

「おい」

「何?」

首を傾げて微笑まれる。優しげな表情に戸惑い、久則は顔を背けた。

「……とにかく、離れろ」

やめると言ったじゃないか、と早口で続けた。

「そうだねぇ。でも、本当にやめていいのかな」

「は？　……おいっ、やめっ……」

池森がほんの少し腰を引いた。ずるりと引きだされる感覚に息を飲む。

「ん、だから、やめたらこれどうすんの？」

ねぇ、と甘ったるい声と共に、昂ぶりを指で弾かれた。

「っ……！」

痛みと、それを凌駕《りょうが》する快感に唇を噛んだ。

「はは、すごく締めてくる。俺の、また大きくなっちゃった」

中で脈打つ、池森の欲望の存在感に怯える。そしてこの状態ですら萎えない自分の体にも。おかしい。

「こっちも目いっぱいかわいがって欲しい？」

昂ぶりを緩く扱かれる。

「あうっ……」

指の腹でくびれの裏を擽られると、たまらなかった。栓が緩んでしまったかのように、体がとろとろと蕩《とろ》け出す。

「……んっ、くぅ……」

背がしなる。きゅうきゅうと締めつけて誘う自分の体に絶望する。

「いや、だっ……」

「なんで嫌なの。感じすぎるから？」

もう否定するのは無理だ。久則は快楽に屈した。

「感じる、から、……いや、だっ……」

「やっと認めた」

池森が笑う。その振動にすら敏感に反応してしまう、自分の体のふしだらさが情けない。

「男が快感を隠そうたって無駄《むだ》だよ。ここ、がちがちになってる」

久則の性器をその手に収めた池森は、輪にした指で根元から扱いた。体に蓄積された熱が、放出を期待してそこへ集まっていく。

「……う、あっ……んっ……」

我慢できずに声を上げてしまう。先端からとめどなく体液が溢れる。ぬめったそれを指がすくって幹に塗りつけた。湿った手のひらがくびれ全体をこねるように動く。

「ひっ……！」

段差を撫でさすられ、裏の筋を指で辿られる。直接的な刺激にのけぞると、貫かれる角度が変わった。

「っ……く、うっ……」

体内を穿《うが》つそれは、熱くて硬い。脈打つ存在を強く意識してしまい、頬がかっと熱くなった。

形を確認するみたいに粘膜が収縮する。だが池森は動かない。じっとしていられると、もどかしさが募る。息を吸っただけでも体が震えそうになり、池森を睨みつけた。

なぜこんな中途半端なままでいるのか。下腹部がいっぱいで苦しくて、じれったくて、早くどうにかして欲しい。

「さっさと、……」

「して欲しいの？」

「……」

昂ぶりから手を離した池森は、久則の目を見ながらその指を舐めた。

なぜその指が濡れているのかなんて考えたくない。唇を噛んだ久則に、池森が顔を寄せてきた。

「ねだって欲しいな」

耳朶を噛まれ、中を舐め回される。すぐ近くで聞こえる水音に頭をかき回された。逃れようと首を振るけれど追いかけてきて、結局は摑まってしまう。

「動いて、気持ち良くしてって、……言ってみな」

「そんな、こと……」

言えるか、と唇を噛む。池森の笑い声が耳を直撃し、無意識の内に腰を突き上げてしまう。

「うっ……なんだよ、我慢できないんだろ?」

ぐるりと、円を描くように池森が体を揺らした。内側を緩くかき回すような刺激に、足が爪先までぴんと伸びる。

「ほら、言えよ。中をぐちゃぐちゃにされていきたいだろ? なぁ」

乳首を爪でひっかかれ、言えよと弱みを抉られる。痛みと快感が混ざりあって、久則を追い詰めた。

「……」

それでも言葉にはできず、頷くだけで求める。だが池森は許してくれない。

「ちゃんと言えって、ほら」

「……動、けっ……」

それが口にできる精一杯の言葉だった。池森が小さく笑う。その振動すらたまらない。含みきれない唾液が口の端から零れて顎を伝っても、拭うことすらできない。

「よく言えました」

おどけた口調で褒められ、頭を撫でられた。そんなことをされても嬉しくない。それよりも、早く。

「ご褒美《ほうび》だっ」

「……あっ……！」

ずるりと抜け落ちる寸前まで引き抜かれた欲望で、一気に奥まで貫かれる。刺激を待っていた粘膜が喜ぶように収縮した。

「すげぇ、奥からうねる……」

池森は激しい律動を繰り返す。絡みつこうと窄まった粘膜を昂ぶりで擦られて、久則はのけぞった。

本来ならば受け入れる場所ではないところを蹂躙《じゅうりん》され、乱れる。屈服にも似た感情を凌駕するのは、陶酔だった。

「っ、いくっ……」

絶頂へと駆け上がる。性器へと触れられないまま達した瞬間、目の前が白く弾けた。

「……俺も、いくっ……」

大きなストロークを続けていた池森が、動きを止めた。震えが伝わってくる。そして次の瞬間、体の奥に温かいものが、広がった。

「いやっ……だっ……」

体内に射精された衝撃に震える。放たれているのは同性の精液だ。嫌悪感を覚えていいはずなのに、窄まりは歓迎するようにひくついた。

「は、ぁ……」

快感に指先まで浸かってしまい、脱力していた体を池森が抱きとめる。ほっと息をはいた。絶頂の余韻が、久則から力を奪う。どこもかしこもうまく動かせない。体が悲鳴を上げている。

「一回で終わるわけないだろ」

「くっ……痛っ、やめっ……！」

強引に体を反転させられてしまう。繋がったままだから粘膜がねじれて痛い。それなのに池森は、ぐいぐいと腰を押しつけてくる。

「ひっ……」

その場に突っ伏した久則に、池森がのしかかってきた。

「へぇ、……綺麗な背中だ」

シャツを裾からめくられ、背骨を一本ずつ、指で確かめられる。その刺激にすら肌は粟立った。

「いつもすごく姿勢がいいよな。特に座っている時、綺麗に背が伸びてる。だから目が離せないんだよ」

「あっ、……！」

奥を貫かれて悲鳴にも似た声を上げた。がくがくと震えていた膝が滑り、体勢が崩れる。

「おっと、……抜けちゃうぞ」

池森が笑う。その振動にすら跳ねる体を抑えこまれた。

「抜けば、いいだろ……」

「冗談はやめてくれよ。こんなに熱くなってるだろ、俺たち」

腰を固定するように抱えられる。拒んで逃げたつもりが、腰を揺らす形になってしまった。これではもっとと欲しがっているみたいだ。

「もう、無理だ……」

頭を左右に打ち振った。まだ完全に呼吸が整っていない。

「無理じゃない。やってみれば分かる、大丈夫だ」

自分勝手で無責任なことを言いながら、池森が腰を揺らす。

「大丈夫じゃない、……壊れるっ……」

限界を訴えて身をよじる。指先まで痺れる快感に、体がばらばらになりそうだ。

「壊れればいいんだよ、一回」

低い声と共に、池森の手が熱を放って力を失いかけていた久則の性器を掴む。

「壊せ。お前が抱えてるもの、全部」

池森はそう言って腰を叩きつけてきた。

全部。彼は久則の体だけじゃなくて、何を壊すというのだろう。再び追い上げられながら、久則はシーツに爪を立てた。

「つ……ぁ、あ」

勝手に始まった律動に翻弄される。腰に手がかかり、掲げるように固定されて、奥まで穿たれる。このまま本当に、壊される。

怖い。初めて感じる怯えに、久則は体を丸めた。快感に恐怖が伴うことを、今初めて知った。


瞼の向こうが明るい。もう朝だろうか。

ゆっくりと目を開ける。まず見えたのは、見慣れぬ天井だった。

ここはどこ、だ。わずかに首を右へ向けると、すぐ横に池森の整った顔があった。

「あっ……」

昨夜、何があったのか。いっそ忘れていたら、どれだけ楽だっただろう。

残念なことに、久則はすべて覚えていた。ため息が出る。いくら酔っていたとはいえ、流されすぎだ。

「またこんな過《あやま》ちを……」

できるなら記憶をすべて消去したい。自分の分だけでなく、隣で幸せそうに眠るこの男の脳内からも。

ため息をついて体を起こす。ベッドから抜け出そうとついた手に、池森の指が絡んだ。

「っ……なんだ、起きていたのか」

「過ちって、なんだよ」

少し掠れた声と共に、腕を引かれる。ぱちりと目を開けた池森の顔には、いつもの笑みがなかった。

「俺は本気だけど」

真っ直ぐに見つめてくる眼差しに、その熱に、飲み込まれる。久則はそっと視線を外した。熱を持った頬を隠したい。

「離せ」

絡みついてくる腕を払う。諦めたのか、池森はもう追ってこずに小さく欠伸をした。

「何時？　なんだ、まだ六時じゃないか。うちからなら、八時に出ても間に合うよ」

「目が覚めたんだ」

六時なら、一度家に帰っても間に合うのではないだろうか。頭の中で計算していると、上半身を起こした池森が抱きついてきた。

「とりあえず、風呂の準備するよ。体は拭いたけど、すっきりしたいだろ」

待ってろ、と言って立ち上がった池森は全裸だった。

帰る、という前に、彼はそのまま部屋を出て行った。

「……いや、俺は……」

恥ずかしげもなく歩いていく後ろ姿を呆然と見送る。きっと彼には、羞恥心というものが存在しないのだろう。

見てるこっちが気恥ずかしくなって、久則は両手で顔を覆った。

昨夜は意識を失うようにして眠りについた。その後に池森が体を拭いてくれたらしい。肌に触れると、確かにさらりとしていた。

ベッドから抜け出し、周囲に脱いだ服を探す。同じ下着を身に付けるのに抵抗はあったが仕方がない。シャツと下着姿で、部屋を出る。

そこは居間のようだった。大きな窓からは朝日が差し込んでいる。壁には大きな世界地図がかけられていた。その上には何枚もの写真が貼られている。

引き寄せられるように近づいた。池森を囲んで外国人の男女が映る写真を見ていく。それぞれで顔ぶれは違った。

「お、いい格好してるなぁ」

間延びした声に振り返る。下着姿の池森がにやにやと笑っていた。絡みつく視線に眉を寄せつつ、地図を指した。

「これは……？」

「友達がいる場所に写真を貼ってるのさ」

　ざっと見ただけでも写真は二十枚ほどあった。それだけ世界中に友達がいるというのは、明るく物怖じしない池森らしい。

「すごいな……こんなに旅をしたのか」

　今よりも幼い顔をした池森の写真に目が留まる。一目で日本ではないと分かる緑の森の中で、池森が両隣の人の肩を抱いて笑っていた。

「旅先の写真は殆どないよ。住んでいたところばっかりだ」

　池森は地図に手をついた。

「住んで……？」

　世界地図を見つめる。どの大陸にも写真がある。ここに住んでいたのか？

「生まれたのは日本。そっからまあ、数年おきに引っ越す感じ」

　ここからここ、と地球の半分以上の距離を、池森は簡単に指す。途中で順番を間違えて訂正しつつも、最後に日本の上で指を留めた。

「で、今ここにいる、と」

「……なるほど」

　彼と自分は、物事に対する尺度が違うのだ。今すとん、と胸に落ちた。だから彼はこんなに近い距離で話すのか。

島で育ち、今も島に縛《しば》られている自分とは、何もかもが違う。

「何がなるほどだよ」

池森が首を傾げたその時、聞きなれた音が聞こえてきた。これは久則の携帯の着信音だ。

「ん？　なんの音？」

「……俺の携帯……どこだ？」

室内を見回す。ソファの脇に久則の鞄が置いてあった。急いで携帯を取り出す。寿子だろうか。差出人は母親だった。こんな朝早くに珍しい。

「どうした？」

「いや、妹かと思ったんだが違った」

まだ寿子と連絡がとれない、という内容だった。今日中に連絡がとれなければ、父が寿子を探しに上京するらしい。

「へぇ、妹がいるんだ」

「ああ。本来ならあの日も、妹が巫女を務めるはずだった」

分かりました、と素早く返信する。

「はず？　じゃあお前は代役ってこと？」

「そういうことになる」

わずかに眉を寄せた池森は、なんで、と聞いてくる。言うべきか否か迷ったが、視線に負けた。

「恥ずかしい話だが、その……妹は、妊娠しているんだ。妊婦は巫女になれない」

「妊娠？　それはおめでたいね」

向けられた池森の笑顔に、久則は携帯を落としそうになった。

「そう、だな……めでたいこと、だな」

本来ならば、最初に出てくるはずの言葉だ。それがこれまで思い浮かばなかった自分に気がついて、久則は口元を手で覆った。

新しい命が宿ったことに対して、なぜ喜ばなかったのか。

「どうした、難しい顔して」

「いや……。そう簡単には喜べないんだ」

唇を噛む。俯いた久則の顔を池森が覗きこんできた。

「どうして？」

訝《いぶか》しげな池森の目から逃げられず、言葉を選びながら口を開く。

「妹はまだ大学生だ。しかも相手は、婚約者ではないときている」

「あれ、結構ヘビーな展開になってきた。それで、その妹さんがどうかしたの？」

久則と携帯を見比べた池森に問われ、口を噤む。

「話してみて」

随分と穏やかな声色に促され、久則はため息をついた。妹が姿を消したことを特に隠しておく必要もない気がした。

「妹は島を出ていってしまい、連絡がとれない。このままだと父が探しに東京へ行くことになりそうだ」

言ってから、随分とプライベートなことを話してしまったと気づいた。誰かにこんな風に家の事情を話すのは初めてだ。きっと池森が聞き上手なのだろう。

「うーん、子供がいるなら余計に心配だな。けどさ、こういう時は島の人が探してくれるんじゃないのか？」

唐突な質問に顔を上げた。

「島の人……？」

なぜいきなり島民が出てくるのか分からず首を捻る。

「そう。島出身の人が全国にいてさ、たとえどこへ逃げても見つけ出して連れ戻されるってこと、ないの？」

真顔で聞いているから、池森には冗談のつもりはなさそうだ。久則は額に手を置いた。何を言いだすかと思えば、と呆れる。

「……そんな、小説のような話があるか」

ため息しか出なかった。だが池森は懲りずに続ける。

「えー、でもお前の家、それくらいの力があるんじゃないの？」

「あるわけないだろ！」

思わず大声を出した。池森はへらりと笑い、そうか、と頷いた。

「島の名家ってそういうものかと思ってた。前にほら、そういう映画を見たんだよ。なんか覆面の男がいてさ」

いきなりぺらぺらと喋りだす男のペースに巻き込まれないよう、とにかく、と遮《さえぎ》った。

「妹がどこにいるかだけでも知らせてくれるといいのだが……」

肩を落とす。池森は久則の頭に手を乗せた。髪をゆっくりと撫でられ、弾かれたように顔を上げた。

「……何？」

ほんの少しだけ目を見開いた池森が、優しく微笑む。

「いや……」

こんな風に宥めるように髪を撫でられるのは、どれくらいぶりだろう。なんだか擽ったい。手に持った携帯を握る。

妙に甘ったるくなった空気を、ぴぴっという軽い電子音が破った。

「お、風呂が沸いた。先に入って来いよ。こっちだ」

案内されるまま、台所横のドアを開けるとそこが風呂だった。簡単に使い方を聞いてから、ドアを閉める。

独り暮らしと聞いているが、設備の整った立派な部屋だ。バストイレも別で、湯船も広い。

あたたかいお湯を頭から浴びた。並んでいるボトルの中からシャンプーを探し、手にとる。ふわり、と覚えのある香りがした。

いつも彼からする香りの正体はこれだったのか。てっきり香水でもつけているのかと思っていた。

髪を洗ってから、体を洗う。シャンプーもボディソープと同じブランドらしく、よく似た香りがした。

体を清めると、肩まで湯船に浸かる。手足を伸ばして、ふぅ、と息を吐いた。朝から風呂など贅沢《ぜいたく》だ。

温かい湯に包まれる心地よさに、眠くなってしまいそうだ。欠伸《あくび》をしてから、ぐるりと周りを見回した。

風呂場、というよりここはバスルームと表現すべきだろう。湯船もバスタブという単語がしっくりくる。なんとなく現実感がないのは、意外なほど綺麗でホテルのような印象を受けるせいか。

初めてきたというのに、不思議なほど寛《くつろ》げている。湯をすくって久則は深く息を吐いた。

池森といると、どうも自分が自分でなくなる。喉が渇《かわ》いている気がするのは喋りすぎたからだろう。口数がかなり増えている自覚はある。

「お湯、どうだ?」

扉の向こうに人影が見えた。

「ちょうどいい」

「そう、それはよかった」

いきなり扉が開いた。下着姿の池森が立っていて、こちらに向かってくる。

「おい、勝手に入ってくるな」

睨みつけてもへこたれるような男ではない。池森はバスタブの縁に腰かけた。

「いいだろ、別に。お前の裸は昨夜、隅から隅まで見てるんだから」

そういう問題じゃない、と言おうとして、頬に冷たいものが押し当てられた。

「はい、水」

「……水?」

頬に当てられたものを見る。水のペットボトルだった。

「そう。バスルームで飲むのも悪くないだろ。これから仕事じゃなきゃ、一杯やるんだけど」

「……」

風呂で、水だけでなく酒も飲むと言うのか。全く信じられない。だが喉が渇いているのも事実だ。

「飲ませてやるよ」

「結構だ」

近づいてきた池森の顔を手で押しやった。

「遠慮すんなって」

顎に手がかかる。離れろという意味をこめて湯をすくって投げたが、池森は気にせず顔を近づけてきた。

目の前で、彼がペットボトルに口をつける。そのまま自分にくれればいいのに、……。

「……っ、う……」

口移しで与えられた冷たい水が、喉を通り過ぎた。うまく受け止めきれなかった分が口角から零れ落ちる。

すぐに温くなった液体を飲んでも、唇は離れなかった。

ぴちゃ、くちゅ、と水音が響く。口内に入ってきた舌が絡みつく動きに逆らわずにいると、先端に緩く噛みつかれた。

「んっ」

思わず声を上げた瞬間、我に返った。慌てて池森を突き飛ばす。

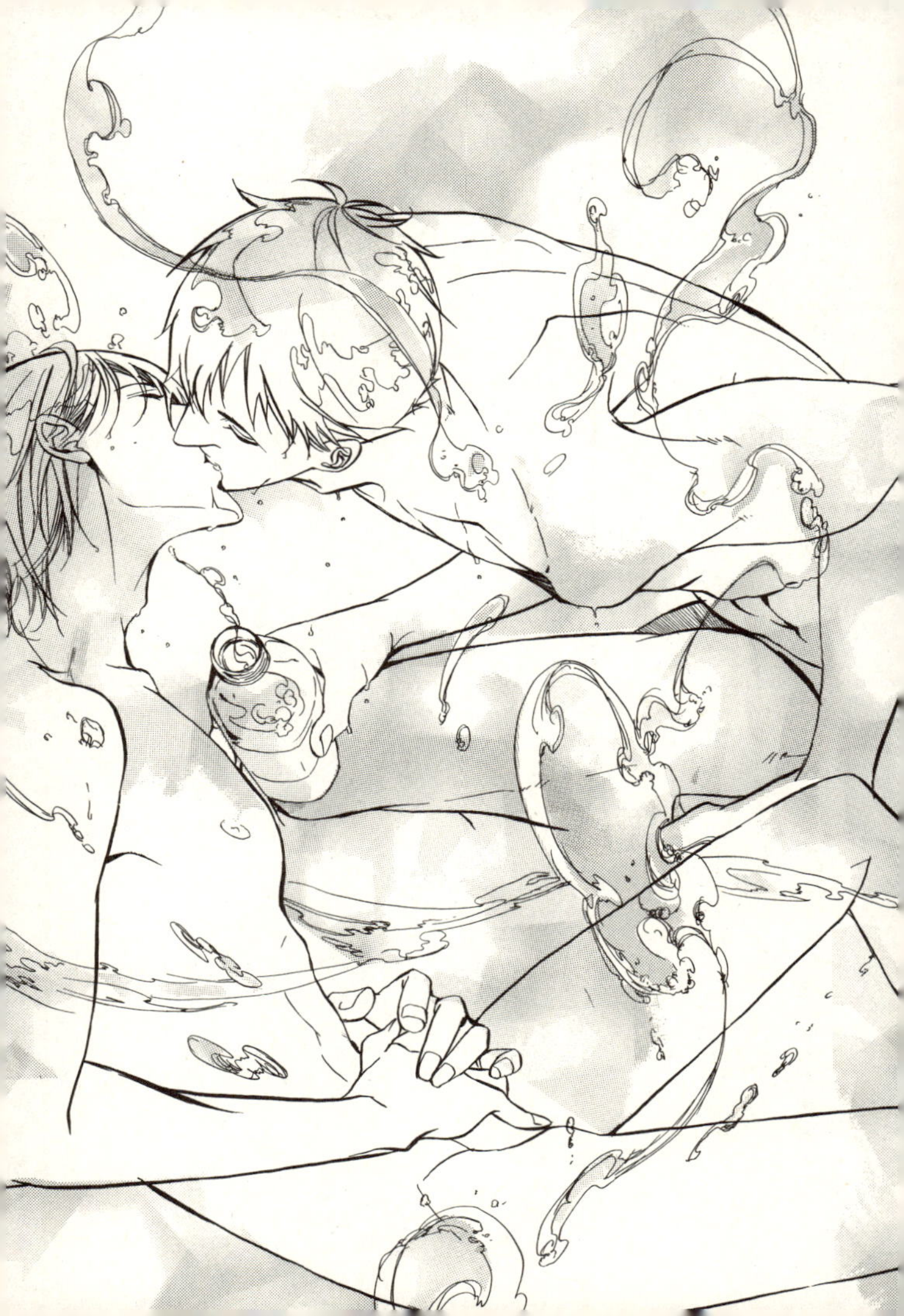

「おっと、危ない」

池森はわざとらしくふらついた。

いつの間にか、口づけに意識をもっていかれていた。朝からなんてふしだらなことをしているのか。

目の前で幸せそうに目尻を下げている池森を睨む。すべてはこの男のせいだ。どうしても自分は、彼が作りだす空気に流される。

「もう出る。お前が入れ」

「なんだよ、え、おいっ。いいから、お前が先だって」

「いい」

もう充分だ、と風呂を出た。用意されていたバスタオルを使って体を拭く。髪を乾かした後は、新品の下着を貰《もら》った。スーツはそのままだったけれど、きちんとハンガーにかけてくれていたおかげで皺になってはいなかった。シャツとネクタイは借りた。おかげでいつもよりどこか派手だ。

「一緒に出社っていいな」

上機嫌な池森と共に、彼の部屋を出る。

一階の駐車場に彼の車が停めてあった。イハラ自動車の最新スポーツモデルは、イメージカラーともなっている鮮烈な赤だ。その色はとても彼らしい。もし久則が同じ車を買っても、この色は絶対に選ばなかっただろう。

助手席に乗り込む。さわやかだが人工的なにおいがする。そしてその中に混じる、よく知る香り。

「じゃ、今日も頑張りますか」

池森がアクセルを踏み込んだ。

「な、どっかでモーニングとろうぜ」

「……好きにしろ」

窓の外を眺めて答える。どうにも自分の体に彼のにおいがついてしまったようで、落ち着かなかった。


池森の部屋から出勤して、何かが変わったかというと、特に何も変化はなかった。黙々と仕事をして午前中は終わった。昼食は結局、池森と食べた。勝手に目の前に座るのだから拒否のしようがないのだ。

食事を終えて席に戻る。昼休みが終わりに近づいた頃、池森が彼のチームにいる男性社員を連れてやってきた。

「ちょっと聞いていいか」

池森は久則の返事を聞かず、実は、と話し出した。久則は仕方なく、池森と男性社員に向き直る。

「こいつ、こないだ子供が生まれたんだ」

「それはおめでとうございます」

話の展開が読めないまま、まずそう言った。池森が同僚を肘でつつく。

「ありがとうございます。それで、ちょっと困ったことが起きてまして……」

眉を下げた男性社員は、はぁ、とため息をついてから話し始めた。

「お宮参りに行った時なんです。神主さんが履き物を脱がれて、うちの母親がその履き物を揃えたんですね」

こうやって、と手を動かして見せる。どうやら浅沓《あさぐつ》と呼ぶ神職の履き物を、履きやすい方向に直してくれたということらしい。

「でも嫁さんの母親はそれが非常識だって、元の方向に直しちゃったんですよ。それから母親同士が揉《も》めてるんです。俺たちもどっちが正しいのかよく分かんなくて……」

よほど困っているのか、彼は眉を八の字にした。

「きっと神島さんなら分かるって池森さんが言うんで来たんですが、どっちが正しいかご存じですか？」

話がやっと見えてきた。よく聞く話だと思いながら、久則は立ったままの男性社員を見上げた。

「ええ、まあ。……大変でしたね」

それぞれの言い分も分かる。折角の祝い事なのに、こういった気遣いが原因で揉めるのは悲しい。

個人的な意見ですけど、と前置きして久則は口を開いた。

「直さないでいただけるとありがたいです。社殿に上がった時のお話だと思いますが、神職の者は後ろ向きのまま靴を履くので、逆にされると履きづらくなってしまうのです。もちろん、お気遣いは嬉しいのですが」

「後ろ向きに下がるってことか?」

池森が口を挟んできた。

「そうだ。神様に背を向けないように、そのまま下がる。だから靴は脱いだ時のままが履きやすい」

「なるほど」

頷いた池森は、分かったか、と男性社員に問う。

「はい。それにしても神島さん、詳しいんですね」

「こいつ、神主だから」

池森が軽い口調で言って、久則の肩を掴んだ。咄嗟に振り払ってしまう。

余計なことを、しかも結構な声の大きさで言った池森を睨みつける。だが彼は久則の視線を飄々《ひょうひょう》と受け流した。

「そうなんですか？」

「ええ、まあ。……実家が神社なので」

俯いて答えた。全く、池森は余計なことばかり言う。

「へぇ。すごいですね」

男性社員はあっさりと言い、助かりましたと頭を下げた。

「ありがとうございます。早速うちのに話してみます。これで落ち着いてくれるといいんだけど」

「頑張れよ」

池森たちが帰っていく。時計を見た。あと三分で昼休みは終わりだ。

まったく、池森がいるだけで騒がしい。ため息をつこうとしたその時、

「池森はいい奴だよな」

席にいた主任が珍しく久則に話しかけてくれた。

「お前が休んだ時も、フォローしてくれたんだぞ。感謝しとけよ」

「はい」

褒められたのは池森だ。それなのに自分のことのように嬉しくなってしまう。

「あとお前もさ、……ちゃんと、話せよ」

主任は言葉を選びつつ、久則から目を逸《そ》らして言った。

「この間の休みって、家の都合なんだろ。部長と課長に聞いたよ。お前んとこは神社で年に一回、祭りがあるって」

「それは……」

口止めしていたはずなのに、と俯いた。

「なんで黙ってたのか知らないけど、仕事にも関係あることなんだからさ。隠す必要ないだろ」

主任の言う通りだ。そうすべきだと、頭では分かっている。

だけど言えなかった。神職という立場を持つことで、会社員として中途半端だと思われたくなかった。どちらも器用にこなしたい、そして自分はそれができるはずと思っていた。本当は周囲の協力が不可欠だと分かっていたけれど、それを認めるのは自分の力不足を突きつけられるようで怖かったのだ。

「すみません。なかなか言い出せなくて」

でも今なら、素直に認められる。誰かに迷惑をかけるなら、ちゃんと話しておくべきだ。それが組織で働くということなのだろう。

「ああ、まったく、ちゃんと話せよ」

「はい」

改めてちゃんと話す機会を作ろう。そう決めると、ほんの少しだけ心が軽くなった。

午後は書類の作成に没頭した。日程表の修正という細かい作業をしていると目が疲れてくる。少し休もうと席を立った。飲み物を買いに自販機の前へ行くと、そこに池森が立っていた。

「お、さっきはありがとう。早速電話してたぜ、あいつ」

「そうか。……お前、勝手に俺のことを話すな」

小銭を投入しながら言う。

「まあいいじゃないの。悪いことじゃないんだから」

答えずにいつものコーヒーを買った。出てきた缶を取ろうと屈む。

「お前さ、笑ってる方が絶対にいいよ」

同じタイミングで屈んだ池森はそう言って、久則の肩を抱いた。

「でも、俺以外に笑いかけてんの見るのは微妙かな」

「は？」

池森が何を言いたいのか分からず、久則はまじまじとその顔を見た。ふいと逸らされ、眉を寄せた。

「何が言いたい」

「別に。……と、そうだ。今日さ、早く終わりそうなんだ。飲みまでは言わないから、食事でもどうだ？」

肩を抱き寄せようとする池森の手から逃げて立ち上がった。

「断る」

「え、なんでだよ」

立ち上がった池森が意外そうな顔をする。それはこっちの台詞だと思った。どうして久則が断らないと思えるのか。

「冷たいなー。んじゃ、明日は……」

そこまで言いかけた時、部長が歩いてきたのが見えた。フロアに戻るのだろう。さすがに上司の前では無駄口を叩くのをやめた池森を尻目に、久則は足早に席へと戻った。


帰ろうと席を立ってからも誘ってくる池森を振り切り、久則が会社を出たのが午後六時すぎ。買物をして自宅へ帰っても、まだ七時を回ったところだった。

途中のスーパーで買ってきた食材を冷蔵庫に入れる。

一人暮らしも長くなり、自炊の腕はあがった。今ではそれなりのものが作れる。今日は野菜炒《いた》めとオムレツにした。

ちょうどいい具合に焼けた卵に満足し、さあ食べ始めようとテーブルに着いた時、電話が鳴った。

ディスプレイに母と出て、自然と背筋が伸びる。通話を始める前に一度、呼吸を落ち着かせた。

「はい」

「今日、寿子と連絡がとれたわ」

母の第一声はそれだった。

「そうですか。……よかった。どこにいたんですか」

ほっと胸を撫で下ろす。

「相手の人のところにいたそうよ。今週末、相手の人と一緒に島に戻ってくるの。久則もいるからちょうどいいわね。早めに帰ってきてちょうだい」

母はそれだけ言うと、久則の返事も聞かずに電話を切った。

「……」

通話を終えた携帯をじっと見る。腹立たしいようなじれったいような、もやもやしたものを感じた。

確かに、今週末は例祭の二週間後に行う神事がある。帰ることは決まっていた。だけどこんな、一方的に……。

昇華できない感情を前に、どれだけ固まっていたのか。気がついた時には、目の前にある食事はすっかり冷めていた。

箸をとる。炒めた野菜を摘まんでから、いただきますと口にするのを忘れたことに気がついた。慌てて手を合わせる。感謝の言葉を忘れるなんて、自分はどうしてしまったのだろう。

「なぁ、今夜は空いてる？」

いつの間に、昼休みは池森と一緒になるのが当たり前になったのだろう。翌日、久則は自分の前に断りもなく座って話しかけてきた池森に眉を寄せる。彼のトレイにはたらこパスタとサラダが載っていた。

「空いてない。車で来た」

「じゃ、今週末は？」

懲りずに池森が聞いてきた。彼が身を乗り出した分、久則が引く。

「実家に帰る」

「またかよ」

池森がぼやきながら、パスタをフォークに巻き付けた。たらこパスタは箸の方が食べやすいと思うのだが、とどうでもいいことを考えながら、久則は日替わり定食の唐揚げを口に入れる。

「はぁ、まだ道のりは遠いな……」

「……どこか行くつもりなのか？」

唐揚げを咀嚼《そしやく》してから問いかけると、鋭い眼差しを向けられる。

「あー、そういう返し。なるほどねぇ。……まったく、なんでそんなに実家に帰る用事があんの？」

咎《とが》めるような口調に箸を止めた。

「妹が見つかった」

その一言で、ころりと池森の表情が変わった。

「そっか、見つかったんだ。よかったなー！」

まるで自分のことのように喜ぶ姿に、喜んでいいのだと改めて思った。

「ああ。元々、今週末は帰る予定だったたんだ。例祭の二週間後に感謝の気持ちを伝えなければならないからな」

久則が言うと、池森は目を見開いた。

「え、それじゃあまた、お前が巫女さんになるの？」

「……まあ、そういうことになる」

食事を続ける。へぇ、と声を上げながらパスタを食べていた池森だが、何か良いことを思いついた、という顔をして身を乗り出してきた。

「なぁ、ひとつお願いがあるんだけど」

「お願い？　なんだ？」

池森らしからぬ、遠慮がちな声色に嫌な予感がした。久則は目を細めて彼の回答を待った。

「また巫女になるんだろ？　お前の巫女姿、写真に撮ってきてよ」

「……」

言葉が出てこなかった。やっぱりそれか。結局こいつは、巫女姿の久則が好きなのだ。

「頼む」

必死で要求する池森を無視して、久則は立ち上がった。

腹立たしい。無性に苛々する。食事はまだ途中だが仕方がない。これ以上、この男と話したくなかった。また変な方向に流されるのは業腹だ。

「待てよ」

追いかけてきた池森は、久則の横を勝手に歩き始める。

「付いてくるな」

「俺も同じ方向だけど？」

言われてみればその通りだ。では、と久則は足を止めた。

「……なんだよ、戻んないの？」

答えずに、食堂前にある売店に足を向ける。池森はやっぱり付いてきた。

「な、あれ見ろよ」

肩を摑まれ、売店脇の窓のところまで引っ張られる。彼が指差したのは、駐車スペースに停まっている車だ。

「あれは……」

何度も書類で見た車が、そこにあった。約二週間前、久則が欠席した会議で生産決定がされた車種だ。初めて出来上がった車が、ここへ運ばれてきたのだろう。

「初めてみるな。いい色じゃん」

「ああ」

窓に張りつくようにして車を見る。モデルカラーとなるブルーメタリックの車が、光を浴びてきらきらと輝いていた。

少しでも近くで見たくて、窓に張りつく。昼休みの残り時間がもっとあれば、すぐにでも下に降りて行ったのに。

「やっぱりさ、自分が関わった車って、特別だよな」

「そうだな、……特別だ」

隣に立つ池森もまた、自分と同じように眩しそうな目で車を見ている。きっと彼も、外で自分が関わった車を見る度に、胸がむずむずするような感覚を抱えているのだろう。騒がしいだけの男だったら、突き放すことができる。だけどそうしないのはきっと、彼がこんな顔を見せるせいかもしれない。


土曜日ということもあってか、フェリーは混雑していた。

久則はいつもの席に着くと、胸元を手でさする。島が近づくにつれて、胃のあたりが痛くなってきていた。

たぶん自分は、恐れているのだ。これから家で繰り広げられるだろう修羅場《しゅらば》に。

幼い頃から、母はいつも厳しかった。静かに、そして長く怒るその姿に久則は逆らえなかった。

何があっても、自分は寿子の味方でいよう。そう決めて、車を走らせる。赤い鳥居が見えてくると、緊張が増した。

自宅の駐車スペースに知らない車が停まっている。これに乗って寿子は来たのだろうか。

昼間なので社務所に顔を出すが、両親の姿はなかった。自宅へ向かう足取りは重い。

「ただいま」

玄関を開け、少し大きな声で言った。

「おかえりなさい、お兄ちゃん」

真っ先に顔を出したのは寿子だ。彼女は晴れやかな笑顔だった。

「早かったね」

「あ、ああ。……その、元気、そうだな」

二週間前に会った時と、顔が違う。柔らかい雰囲気に戸惑った。妹は、こんな風に笑う子だったのか。

「こっちに来て」

ぐいぐいと引っ張られて辿りついたのは、来客用の和室だった。

「おかえり」

父の前には、知らない若い男が座っていた。久則を見て顔を引き締め、姿勢を正す。

「お兄さんですね。初めまして」

男は寿子と同じ大学に通う学生だと言った。眼鏡をかけ、とても優しげな風貌《ふうぼう》をしている。座っていても背が高そうなのが分かった。

「この度は本当に申し訳ありませんでした」

畳に頭を擦りつけている彼を前に、久則は固まる。兄として、ここはなんと言うべきなのだろう。とにかくその場に膝をついて、頭を上げてください、と言った。

「あら、久則。帰ってたの」

母の声に振り返る。和室に入ってきた母は久則に微笑んだ。いつもより随分と優しい表情だ。父親は普段通りだった。

「ただいま戻りました」

想像していた空気とは違う和《なご》やかさに戸惑う。これはもう、二人の交際を認めたということなのだろうか。状況が読めない。

男の横に座った寿子が、お兄ちゃん、と声を弾ませた。

「お腹の子ね、たぶん女の子だって。この間のエコーで分かったの」

「そ、そうか。よかったな」

女の子。それはつまり、跡取り娘ができた、ということか。女系継承の神島家にとってはとてもいい話だ。

「それでね、婿に来てくれるんですって」

「……婿に？」

寿子の隣にいる男を見た。

「はい。私は次男で、実家は兄が継いでいます。神主になる勉強もします」

よろしくお願いします、と頭を下げられて困惑し、久則は母を見た。話が急すぎてうまく飲み込めない。

「こう言ってくれてるのよ」

嬉しそうな母、頷いている父、笑う寿子の顔を見て納得する。つまり、寿子の相手は、この家にとっては都合がいい相手ということか。

「重利くんとの婚約は解消しましょうね」

母はそう言って、寿子に微笑んだ。

「うん」

寿子が満面の笑みで頷く。隣にいる妹の恋人も、お願いしますと頭を下げた。

丸く収まったはずなのに、何か引っかかる。喉に刺さった小骨のようなそれに、久則は顔をしかめた。

「じゃあ、ちょっと出てくるね」

寿子は恋人に島を案内すると出ていった。母が快く送り出す。家を出た久則は、天を仰いだ。足元が揺れているような気がする。空の青が眩しい。

どうやら寿子の恋人は、例祭の時も島に来ていたらしい。両親に挨拶するつもりだったのを、寿子が止めたのだと父から教えてもらった。

離れに行くと、久則は自分の部屋に荷物を置いた。携帯にはいつものように池森からメールが入っていたが、島に着いたとだけ返信する。すぐにお疲れ様、と返ってきた。ただそれだけの一文を、何度も読み返す。よく聞く言葉が、今はなぜかとても嬉しかった。それでつい、疲れた、と本音を書いて送ってしまった。

そう、自分は多分、想定していなかった展開に振り回され、頭が疲れているのだ。

身を清めた後は、掃除だ。まずは今夜の神事のために本拝殿を清めた。それでも時間があったので、神社の通常の仕事も手伝った。こういう時は、単純作業で気を紛らわせるのがいい。

神事のため、昼食も寿子たちと別にとる。母と父、そして久則の三人の食卓は、ひどく静かだ。

「まだ食べてるの……？」

母の言葉に顔を上げる。父も母も箸を置いていた。

「……すみません」

いつの間にか、食べる速度が落ちていたようだ。これもきっと池森のせいだ。心の中で舌打ちをしてから、茶碗に残ったご飯を急いで食べた。

母と舞のおさらいをしている内に、時間がきた。今夜の神事は、例祭とは違って神島家の人間だけで、夜にひっそりと行うことになっている。

「よろしくね」

着装の後、母に見送られた久則は本拝殿へと向かう。ここで先日、ご寝所に来ていただいたお礼として舞う。静かに、一人で。

二週間ぶりの巫女装束がわずかに重く感じる。余計なことを考えないように、ただ舞った。感謝の気持ちが伝わることを信じて、指先にまで心を配る。

一礼をして正座し、目を閉じる。

自分はあとどれだけ舞うだろう。寿子が子を産み、落ちつくのは何年後か。そしてその時、自分は何をしているのか。

背筋に冷たいものが走る。自分はなんのためにここにいるのか。寿子の夫となる人が神職を得て、娘が巫女となれば、久則はこの家に存在する意味がなくなってしまう。

血の気が引く。倒れそうになるのを堪え、例祭とは違って質素な神饌を見据えた。余計なことは考えるな。そう言い聞かせても、芽生えた不安は勝手に大きく育っていく。

胸を締めつけるそれをどうにかしたくて、息を吐いた。その瞬間、がたっと音が聞こえた。耳を澄ませる。人が近づいてくる気配がする。

目を開けた。誰かが布のすぐそばに立っている。

「どなたですか」

母か、それとも父か。だが返ってきた声は、どちらでもなかった。

「久則くんかい」

低くこもった声に、聞き覚えがある。重利だった。

「寿子がいるかと思って来たんだが」

声が震えていた。

「ここに寿子はいません」

「そう言って、お前も俺から寿子を隠すのか」

いきなり重利が大声を上げた。久則は立ちあがり、声がする方向へ近づいていった。

「本当にここにはいないんです」

「嘘だ。島にいるはずなのに、家にもいない、ここにもいないなんてことがあるか！」

勢いよく布が上げられる。すぐそこに、重利が立っていた。いつも穏やかに笑っていた彼の顔から、表情が消えている。

「ずっと連絡がとれないんだ。電話もメールも、手紙だって無視だ。なあ、寿子はどこにいる？」

重利が近づいてくる。いつもの彼とは違う。瞬きをしない彼の眼差しからは感情が読み取れなかった。

「やっと俺のものになるんだぞ。なぁ、どこにいるんだよ」

声を張り上げた重利が、久則に近づいてくる。

「は、入らないでください」

この空間に入り込まれたら、重利とも契らなければならなくなる。

嫌だ、と思った。一瞬にして湧き上がってくる嫌悪感に、目の前が真っ暗になる。

「やっぱりここに隠しているんだろ！」

久則の反応を勘違いしたのか、重利が中を見回して入ってこようとした。

「いません。今、室内をお見せします。だから入ってこないでください。そこから先は、神島家の者しか入れません」

「……何が、神島家だ」

低く、底冷えするような声に目を見開く。

自分が知る重利とは、まるで別人のようだ。なぁ、と伸ばされた手を反射的に払う。重利が目を見開いた。

「なんだよ、偉そうに。ただの神社じゃねぇかっ……！」

「とにかく、入らないでくださいっ！」

重利を押し返す。舌打ちが聞こえ、摑みかかられた。

ああ、もう重利が入ってきてしまう。

こんな時だというのに、久則の頭に浮かんだのは、池森の顔だった。

あの夜のように、久則の心の中にも勝手に入ってきて居座った、騒がしくて厄介な男だ。だけど、――彼には、こんな嫌悪を覚えなかった。

絶望に目の前が白くなる。だがすぐに、重利の手は離れていった。

「なんだ、お前は」

重利が後ろを振り返っている。また誰か来たのかと身を乗り出し、久則は目を疑った。そこにいるのが、池森に見えたからだ。

幻覚だろうか。重利を後ろに追いやった男をまじまじと眺める。

「大丈夫か?」

微笑む男は、間違いなく池森だった。

「なんで、……お前が……」

ここにいるのか。疑問を口にする前に、彼が答えてくれた。

「珍しく疲れたなんてメールしてくるから、心配になったんだよ。でもまあ、間に合ってよかった」

疲れたというメールは確かに送った。その一言だけで、わざわざここまで来たというのか。

驚く久則を気にせず、池森が後ろに立つ重利に顔を向ける。

「ほら、落ち着いて確認して。妹さんはいないだろ」

「……どこにいる、寿子」

前のめりになって中を覗く重利を、池森が腕で制した。

「ここから先は入っちゃ駄目だ」

「はぁ？　大体、お前は誰だ。邪魔するな、退け」

食ってかかる重利を、まあまあと池森が抑える。それが火に油を注いだのか、彼はまた中へ入ってこようとした。

「重利さん」

久則はその場に膝をついた。結界に足を踏み入れる直前の重利を見上げる。

「寿子は家にいます。事情があってお会いできないのです。詳しく話せなくて申しわけありません」

床に手をついて、頭を下げた。

「家に……？」

重利がふらふらと後ずさるのが分かって、顔を上げた。血の気を失った顔が、久則を見る。

「だけど、いないって……いない、んだろ……？」

「すみません」

母か父か、どちらにしても重利に対してひどい対応をしたのは確実だ。久則は再び頭を

下げた。

「ちゃんと話をさせます。ですからどうか、今晩はお引き取りください」

「夜にこんなとこで騒いでも仕方がないだろ。今日は帰れよ」

「しかし……」

まだ混乱しているらしい重利の背を、池森が軽く叩いた。ぴくりと震えた重利は、何か言いたげに久則を見た。

「お願いします」

久則はただ頭を下げた。

「いいか、こいつは今、仕事中だ。神事の真っ最中っていうのか？　それを邪魔するな。……まあ、お前にはどうでもいいことかもしれないけど。ただの神社、って言ったもんな」

見たこともないような冷たい顔で、池森は重利の肩を押した。

「俺は詳しいことは知らない。だけど、そうやって神社をバカにする男が、ここにふさわしくないくらいは分かる」

「……」

項垂れてその場に座り込んだ重利に、久則は申し訳なくなった。

「帰れよ。ここで話しても、お前が求める答えは出ないぞ」

「……久則、くん。寿子と、ちゃんと話をさせてくれるか」

低く這うような声で、重利が問う。

「もちろんです。寿子には、ちゃんとお話しするように言います。俺が約束します」

「分かった」

どん、と床に手をついてから、重利が立ち上がった。そのまま何も言わず、その場を去って行く。

「――これで良かったか」

重利の背中が見えなくなった頃、池森がそう言った。

「ああ」

そうだな、と頷いた時、池森がこちらを向いた。そうして彼は、それが当然であるかのような顔をして、あっさりと布の内側へ入ってきた
「おい、なぜ入ってくる」

池森の躊躇いのなさに驚いて、止めることすらできなかった。

「そんなの決まってるだろ。お前の近くにいきたいからさ」

布の位置を直しつつそんなことを言い、池森が微笑む。

「間に合ってよかったよ。お前が違う男と寝てるとこなんて見たくない」

彼らしい大げさな仕草で肩を竦めた池森は、久則の前に立った。さて、と軽やかな声で続ける。

「俺は今、ここにいるわけだ。どうしてくれるのかな？」

にやりと歪んだ口元を睨みつける。そうだ、こいつはこんな男だ。仕事はできるし、コミュニケーション能力が高いとは思う。

けれど、悪趣味だ。

「お前はどうしてそう……」

ため息をつきつつ、背筋を伸ばす。

「……ようこそいらっしゃいました」

久則は黙って頭を下げた。これは恋愛感情とは関係のない神事だ。それにもう初めてでも二度目でもないのだ。腹をくくるしかない。

「そこへ寝ろ」

池森は素直にその場で横になった。久則が近づくと、笑いながらベルトを緩める。

「んじゃ、舐めてくれる？」

「……は？」

舐める。何を、と聞かなくても、池森が下着に手を入れた時点で求められている行為が分かった。

そんなことできるか。無視して池森の肩に触れた時、彼に頭を摑まれた。

「いいだろ。……ほら、口を開けて」

唇に性器を押し当てられる。いきなり要求するのがこんなことだなんて最低すぎる。見上げると、池森はにやにや笑っていた。

「ほら、口を開けて」

擦りつける内にそれが熱を持っていく。唇を擦られて顔をしかめる。ひどく屈辱的だ。こんなことを神様が要求するわけがないだろう。

だが文句を飲み込み、久則は唇を開いた。ぐすぐずしていたら、もっとひどいことをさせられるかもしれない。

「そう、いいよ」

唇を巻きこむようにして、欲望が入ってくる。舌の上を擦られ、顔をしかめた。その状態で抜き差しされると、息が詰まる。

「うっ……」

嫌悪感よりも苦しさが強かった。顎は外れそうだし、口角からは唾液がだらだらと零れ落ちてしまう。

だが池森の反応は顕著だ。仕方なく、無心でそれをしゃぶった。柔らかいところがあったそれは、すぐに硬く、そして重たくなる。

「な、根元も触ってくれよ」

言われるまま、口内で育てた昂ぶりを引き出す。濡れそぼったそれの根元を持って支え、舌先で先端を操る。

「もっとやらしい音を立ててしゃぶって」

口を窄め、頭を上下させた。唇で昂ぶりを扱くやり方に感じたのか、池森の欲望が脈打ちいっそう大きく膨らむ。

「いいよ、すごく」

耳に池森の手が触れた。頬に手がかかり、顔を上げさせられる。見下ろす瞳が、やけに優しい。さっきまでのにやついた表情とは大違いだ。

「俺の、おいしい？　欲しくなっちゃう？」

ゆっくりと昂ぶりが引きだされる。唾液が糸を引いた。

池森は久則の肩に手を置いた。視線が絡み合う。その眼差しに誘われて、顔を寄せた。

おいしい、だろうか。もう一回、確認しなければ。

「――これ以上は駄目」

「……は？」

手が止まる。今まさに唇が触れようというこの時に、何を言いだすつもりだ。

「俺ね、好きな子としかセックスしない主義なんだ」

おどけた口調だったが、彼の目は笑っていなかった。真っ直ぐに久則を見ている。

「お前は俺を好き？」

突然の質問に、久則は瞬いた。好き、と聞かれても、答えはひとつだ。

「……分からない」

たぶん嫌いではないと思う。重利がここへ入ってこようとした時、嫌悪感を覚えた。それは池森には抱かなかったものだ。

だけどそれが、好きという気持ちには直接結び付かないだろう。

もちろん、好意はある。だが何度も好きだと言われてその気になっているだけかもしれない。とにかく、久則は自分の気持ちに自信がもてなくて黙った。

「俺はお前が好きだよ。本気で好き。今の格好もいいと思ってるけど、それ以上に、普段スーツで仕事をしてるお前が好き。会議中の真剣な顔を見てたら、それだけで押し倒したくなる」

一気にまくしたてた池森は、はぁ、とため息をついた。

「お前の全部がいいんだ」

「何を言って……」

あんなに巫女姿がいいと言ったくせに。咎めるような目つきになったのか、池森が困ったように笑った。

「嘘じゃないよ。もちろん、今の巫女さんもすごい魅力的だ。まあつまり、俺が欲しいのは、格好なんて関係ない、生身の神島久則だ」

分かるか、と池森は久則の頬を両手で包んだ。

「神島久則に、俺を求めてもらいたいと思ってる」

「……俺に？」

「そう。巫女さんのお前じゃなくって、お前自身に」

唇を撫でられる。じっと見つめる瞳の真摯な色に戸惑う。いきなり口淫をさせるような男の見せる真顔を信じていいものなのか。

「求めてどうするというんだ」

「そりゃあ、折角二人きりだし、お互いの体がその気になってるんだから続きを……」

やっぱりそれか。久則は脱力してから、首を横に振った。この男は、どんなことを言っても結局は体に繋げる。即物的にもほどがある。

「神島家の人間として、それはできない」

そう口にしてから、神島家と名乗るのもあと数年かもしれないなと心の中でぼやく。久則が必要とされているのは妹の代わりとしてだ。代が替わり、妹の恋人が神職を得て、子供が育てば、久則がここにいる意味はなくなる。

「家がどうのなんてこと、俺は聞いてない」

池森が顔を寄せてきた。唇に吐息がかかる。相変わらず、彼は距離が近い。だけど、……そんなに、嫌ではなかった。

「俺が知りたいのは、お前個人の気持ちだ」

「……俺の？」

「そうさ。家の者である前に、お前は一人の人間じゃないか。家のことをまずはおいて考えろよ」

　そこで池森は久則から手を離した。

「そんなこと、言われても」

　自分を家と切り離して考えたことなんてない。これからは考えなくてはいけないかもしれないが、まだその実感はなかった。

「はぁ、やっぱり、勢いで続けた方が良かったかな」

　池森は頭をかいてから、久則の手をとった。

「さっきここに来た男は、妹さんの婚約者だよな」

　柔らかな声に問われた。

「そうだ。……いや、そうだった、と言うべきか」

　今日の様子では、もうすぐ婚約は解消されるのは間違いない。

「あの人、お前の妹を本気で好きなんじゃないか」

「たぶんそうだ」

　重利はいつも、寿子を見ていた。お互いの家が決めた縁談とはいえ、誠実に寿子を愛してくれていたと思う。

「だけど妹さんは妊娠してる。相手はあの人じゃないんだろ?」

「ああ。大学の同級生だ。今日会った」

昼間の、神島家にとってはとてもいい方向に向かっていたやりとりを思い出す。

「そう。なあ、一方的に婚約を破棄するのは失礼じゃないか?」

「そうだな。ひどく、……失礼だと思っている」

母や寿子の態度は気になっていた。やはりはたから見ても、失礼に当たるのか。

「つまり、お前の家だって、すべて正しいわけじゃない。そうだろ?」

頷くしかない問いかけに黙る。そんなこと分かっている。それでも、逆らわずに生きてきた自覚があった。

「それでもお前は、この家を、神社を大切に思っている。ま、そういう生き方も悪くないと思うけどね。ホームがない俺からすれば」

いつも楽しそうな池森の口から、寂しげな響きが出るのを初めて聞いた。

「どういうことだ? 家はあるじゃないか」

彼の部屋を思い出す、友人の写真が貼られた世界地図も。

「今住んでいる家って話じゃなくて。故郷って言えばいいのかな。前に話しただろ、いろんな場所に行ったって。同じところに一年も住めば長い方だった。俺の母親は気ままな人だったから、興味を持てば世界のどこへだって行った。俺を連れて」

池森はそう言って、寂しげに目を伏せた。

「ずっと旅をしているようなもの、と言えば分かるか。同じところに腰を据えて生きてこなかった。どこにいても余所者《よそ》だ。みんな温かく迎えてくれるけど、でもやっぱり、俺から飛び込んでいかなきゃ駄目だった」

いつも明るい男が見せる、陰のある表情に息を飲む。こんなことを思っているなんて知らなかった。彼はいつも、憧《あこが》れるほど自由に見えた。それは自分にはないものだから、……たぶん、眩しかった。

「俺はお前が羨《うらや》ましい」

だけど彼は、久則を羨ましい、という。

「この島っていう、でっかいホームがあるだろ」

そう言われたって、ホームなんて考えたこともなかった。黙りこむ久則の目を、池森が真っ直ぐに見つめてくる。

お互いの息遣いを感じるほどの距離だ。久則は何か言いかけてはうまくまとまらずに口を閉じた。それを何度か繰り返した後、まとまらないまま話し出す。

「俺は、お前のように、どこにも縛られない生き方を尊敬する」

しがらみのない世界は、どれだけ楽だろう。知らないからこそ、憧れる。手に入れたいと願う。

きっと自分たちは、ないものねだりだ。

「そういうところがじれったいね。お前は結局、どこも見てないから」

「……お前が何を言いたいのか分からない」

眼差しの熱に圧倒されながら、久則は疑問を返した。どこも見てないなんて抽象的な言い方には、なんて答えればいいのだろう。

「つまり、この島でお前は何も見てないなってことさ」

「島で……？　俺は見ているはずだが」

「ただ目には映しているんだろ。だけどそれを感じてない。たとえば、朝日が昇る瞬間の美しさ。風に揺れる木々。海に沈む太陽の姿。この島は、美しい風景に溢れてるよな」

ああそれと、と池森が笑って続ける。

「親切な人たち。この島にいる人は皆、楽しそうじゃないか」

「だから何が言いたい」

池森の言いたいことが分からなくて苛々する。

「お前、それを全部、当たり前のことだと思ってるだろ」

池森の一言に、久則は動きを止めた。胸の奥をぎゅっと鷲掴みにされたような襲撃に目を見開く。

「もったいないね。この島の素晴らしさを、普通だと受け流すなんて」

「それは……」

違う、と否定できなかった。心のどこかでそう思っていた。生まれ育ったこの島の景色を、代《か》わり映《ば》えのしないものと感じていた。

「日々に感謝って、そういうことじゃないのか？」

池森の言う通りだった。神島は、自然に溢れていて美しい島だ。時間や季節によって見せる色は違うけれど、どれも美しい。

そしてなにより、島に住む人々が笑顔でいる。

それは、当たり前のことではないのだ。

自分がどれだけ、目の前のものと向き合っていなかったか思い知らされる。これでは神職失格だ。

「もちろん、いろんなとこに行って、友達を増やすのも楽しいけどね。日々を楽しむって、大事なことだろ」

「……お前は、すごいな」

彼の目を通すと、きっと世界はきらきらと輝いている。

「俺の魅力に気がつくの、遅くないか」

思わず口をついた賛辞に、池森は髪をかき上げて答えた。気障ったらしい仕草が彼にはよく似合った。

「もっと池森は謙虚になるべきだな」

「呆れた顔すんなって」

苦笑した池森は、そうだ、と手をついた。

「彰威、だ。俺を名前で呼んでくれ。本当に俺が欲しいなら」

まっすぐに見つめてくる眼差しに促され、初めてその名を、呼んだ。

「彰威……？」

口にした瞬間、その名前がどれだけ美しい響きを持っているか気がついた。

「……すげぇ、今ぐっときた。新鮮すぎて興奮する。俺、お前にいろんなツボを押されてる気がするよ」

「ツボ？」

「そう。前も言ったけど、今の巫女さんの格好もそそられるし、スーツ姿もたまらない。全部がいい。——好きだよ」

耳元に囁かれた。何度も聞いたその告白が、今はすっと心に入ってくる。自然と頬が緩んだ。

「好きって言われると、幸せな気持ちにならないか？」

池森が微笑む。

「ほら、今度は俺を幸せにしてくれよ」

眼差しにねだられる。口を開いて、だけど言葉を紡げずに閉じる。

「俺は、まだよく分からないんだ。お前のことは嫌いではない。だからと言って、好きかどうか……」

正直に、今の気持ちを口にする。

「いいよ、それでも。とにかくさ、言ってみろよ。俺を好きだ、って」

そうすれば何かが分かる、と池森が言った。

「好きだ」

口にした途端、心の奥がじんわりとする。池森の手が、久則の胸元に置かれた。

「どう？　この辺が温かくなった？」

「……たぶん」

彼が触れた部分が、そして心が、熱を帯びる。意識してみれば簡単に分かることだった。

「それはつまり、お前が俺を好きってことさ。なんにも感情がなきゃ、心は動かない」

都合のいい理論に笑ってしまう。それでも、言葉の力は大きいのか、彼がかわいく見えてくる。どうやら自分は、本当に彼を好きになっているようだ。

言霊《ことだま》を大切にするという、本当に基本なことを忘れていた自分を恥じる。もっとちゃんと、想いを口にしなければ。

「久則」

名前を呼ばれ、彼と向き合う。どちらともなく唇を寄せた。啄《ついば》むように、そして徐々に深く、唇を合わせていく。お互いの粘膜を合わせるキスは、快楽に直結していた。

全身が熱くなる。まるで血液が、細胞が、一気に沸き立つ。

「ンンっ……」

鼻から声が抜ける。

耳から頬、首筋と手が這う。ただ触れられるだけで気持ちが良くて、体が燃え上がりそうだ。

「続き、しよう」

お互いの鼻が擦れ合う距離で、池森が囁く。

「なあ、俺はちゃんと、お前と抱き合いたい。いいか?」

彼の手が、白衣にかかる。その手を久則は抑え、答えの代わりに、帯を緩めた。

そのまま無言で倒れ込む。鼻や歯がぶつかる乱暴で性急なキスをしながら、お互いの体をまさぐり合った。

「初めてした時にさ、俺すごく、興奮したんだ。体が沸騰したみたいにたぎった。今までしてきたセックスとは違う。肌を重ねるって、こういう意味なんだって、やっと分かったよ」

ありがとう、となぜかお礼を言われる。反応に困っていると、彼は目を細めた。

「その時さ、分かったんだ。俺、お前のことが好きなんだなって」

早口で池森はそう言った。

「好きだから構ってたんだよ、めげずに。俺って健気《けなげ》だったんだな」

「誰が、……っ」

健気だと続けようとした語尾を封じるように口づけられた。

「んっ……」

乳首を摘まむ指先が、興奮を呼ぶ。

最初からこうだった。彼に触れられると、自分の体は急に頼りなくなる。もしかすると自分も、最初から彼に惹かれていたのかもしれない。

唇を離す。視線が絡む。きっと自分たちは今、同じ熱に浮かされている。

「気持ちいい？」

答えられずに唇を引き結ぶ。強情だな、と笑った池森の吐息が皮膚を擽った。

「どっちが感じる？　右、左？」

目と唇をきつく閉じる。だがその反応が気に入らないとばかりに、両手で強く擦られた。

「っ……あ、……ぅ……」

腰の奥が重たくなる。乳首が唾液にまみれるほど吸った池森は、満足そうに口元を拭ってから、小さなチューブを取り出した。

「ちゃんとこれ、持ってきた」

チューブには潤滑ジェルと書いてあった。

「最低だな」

手のひらに出したそれを指に塗りつけている池森を睨んだ。

「褒め言葉ととっておくよ。お前を傷つけたくないから用意したんだし。……んじゃ、ここ、触るよ」

指が最奥に触れる。まずは一本、入ってきた。

「ひっ」

意識が後孔に向かっていて、油断していた。性器に吸いつかれて腰が揺れる。

「もっと色気がある声がいいな」

笑いながら、ちゅくちゅくと音を立てて吸われた。

「ああっ……」

そのまま下腹部までを舐め上げられた挙句、臍《へそ》にキスをされた。それから太ももに、わき腹。腰骨の上にまで、痕を残される。

「ここも」

「んんっ」

「こっちも、だ」

楽しそうに声を弾ませながら、池森は久則の体に口づける。

どこもかしこも性感帯になってしまったみたいだ。触れられたら蕩けてしまう。いつしか最奥に埋められた指が増えていても、痛みなんてなかった。

「まずいなぁ、俺の、もうこんな、だ」

足に押しつけられたものの硬さに身震いした。

「あー、もうカウパー出まくってる。これ、久則の中で、かわいがってくれる?」

池森はそっと久則の髪に触れた。それが何を意図するか分かって、顔がいっそう熱くなった。

「……来ればいい」

それでも真っ直ぐに彼を見て言った。欲しい、と思ったから、素直になったのだ。途端に池森の顔が真っ赤に染まる。

「そんな誘い方、どこで覚えたんだよ」

指が抜かれ足を抱えられた次の瞬間には、貫かれていた。

「あっ、いきなりっ……!」

太いものにこじ開けられた奥がひきつる。熱く硬いものでそこがいっぱいになった。

「お前が、誘ったんだろっ」

馴染むのを待たずに動かれる。滅茶苦茶《めちゃくちゃ》だ。わずかな隆起を潰すように腰を使われてのけぞった体をそのまま抱き上げられ、彼に跨がる体勢にさせられる。

「うわっ、すげぇ音。聞こえる？　ずぽずぽってさ、……ほら」

「……うるさ、いっ……」

聞きたくなくても、品のない音が繋がった部分から聞こえている。

「ああ、いくっ……」

びくっ。痙攣《けいれん》した直後に、弛緩《しかん》がやってくる。その衝撃に体から力が抜けた。

「う、っ……」

極めた解放感と虚脱感に崩れそうな体を、池森が強く抱きしめてくれた。

「いや、……だっ……出てる時に、動くなっ……」

揺すり上げられると、脳にまで震えが走る。うまく息ができない。頂点から降りられないまま快感だけが続く。

「出てる時？　どこから？」

「ひっ」

池森の手が下肢に伸び、欲望は昂ったままだと気がつく。迎えたはずの絶頂を見失い、久則は混乱した。

「あーすげぇ、中がうねってる。なんだよ、出さないでいったのか」

「……っ……」

達したような気もするし、違う気もする。とにかく全身の血が煮えたぎっている。このままだと爆《は》ぜる。

「もっと奥まで、いかせろよ」

そう言って動き出す池森の肩に、久則は抱きついた。

「やめっ、……」

「いいから、……壊れちまえよ。いや、壊してやる。お前のめんどくさい部分、全部。お前はただ、弾けちまえばいい。声を出して、いいとこはいいって言え」

そうしたら、と池森は久則の耳に齧《かじ》りついた。

「すげぇ気持ちいいぞ」

「……気持ち、いい？」

どこか怖い顔をして頷いた池森にしがみつく。怖くないと言えば嘘になる。それでも、壊れてしまいたかった。

「ああ。だから、声を出せ。感じるままに」

「ひっ、あ、あっ……！」

奥深くを抉るような腰遣いに背をしならせる。重い突き上げに体が揺れる。閉じきれない唇から溢れた唾液を啜《すす》られ、乳首を摘まれた。

「ほら、ここもいいんだろ？」

「……ん、い、いっ……！」

感じている、と口にしたら、心まで昂る。痙攣する体を貫かれ、震えが収まらなくなる。

「乳首がいいのか？」

確認するように乳首に爪を立てられた。両方同時にそうされると、壊れた機械のように体が不規則に跳ねる。

「ほら、言ってみな」

唆《そそのか》されて、いい、すごい、と口走る。

「は、ぁ……」

ばらばらになりそうな体を繋ぎとめてくれたのは、池森だった。久則を強く抱きしめた彼が、小刻みに腰を揺する。

「も、ら、めっ……」

舌がもつれてしまう。鍛えられた下腹部で欲望を擦られ、久則は高い声を上げて達した。体内で熱が爆発する。性器から飛び出す体液は量が多く、いつまでも溢れ出てくる。

「っ……」

最奥に放たれる熱い迸《ほとばし》りを感じ、久則は目を閉じた。あまりの快感に、意識を保つことは難しそうだとぼんやりと考えながら。

鎮守の森には、優しい風が吹いていた。

身支度を整えた久則は、社務所へ向かう途中、いつもなら真っ直ぐ通るだけの道をゆっくりと散策した。

池森には、駐車場に置いてある久則の車で待っているように言ってある。支度をしたらすぐに出発する予定だ。

立ち止まり、深呼吸をした。澄んだ空気を目いっぱい吸い込む。すがすがしい朝だ。

たった一晩で、世界が変わって見える。自分のあまりの単純さを笑いながら、空を見上げた。太陽の光は朝から生命力に溢れていた。緑のにおいがする。

「あれ、お兄ちゃん」

聞き覚えのある声に振り返る。ゆったりとしたワンピースを身に付けた寿子が、こちらに向かって歩いてくる。その足取りはいつもよりゆっくりだ。

「お疲れ様。もう終わったの？」

「ああ。お前はこんな早くからどうした」

確か昨日は、婚約者と食事をした後は、離れで休んでいたはずだ。

「ちょっと散歩。あんまり眠れなくて」

「そうか。……昨日、俺は重利さんに会ったよ」

一瞬にして、寿子の表情が翳った。

「あの人とは、その……」

足元を見て口元を引き結んだ寿子は、小さな声で続けた。

「もう無理、なの……。私、あの人の目が怖い」

震えながら寿子は、無理、と繰り返した。

「そう、か」

「うん、……ごめんなさい」

思えば寿子は、これまで一度も、重利のことを楽しそうに話してはこなかった。今になって気がつく。寿子は決して、重利との結婚を望んではいなかったのだと。言えなかったのだろう。家の事情を考えたのか、それとも、久則が重利を好意的に見ていたせいか。

だけど昨日の重利の様子を思い出せば、寿子の気持ちも分かる。彼は本気で寿子を好きだ。だがその愛情は、一見とても誠実そうだけど、どこか歪んでいたようだ。

「分かった。……うん、分かったよ」

だからといって、筋が通っていないことをするのは許されない。それは別問題だ。

「ただ、重利さんのことも考えなさい。寿子、逃げてないで、ちゃんと重利さんと話すんだ」

「……でも……」

寿子が俯く。その姿にため息をついた。

「母親になるんだろう。逃げないで、きちんと謝りなさい。彼の人生を変えてしまったことだけは間違いないのだから」

「……」

無言で寿子は下腹部を撫でた。それから久則に向けて、笑いかけてくる。

「そうだよね。……頑張る。ありがとう、お兄ちゃん」

晴れやかな妹の表情にほっとする。

「何かあったら言ってくれ。……じゃあ、な」

妹と別れて向かったのは社務所だ。早い時間なのに、母が座っていた。

「ただいま戻りました」

「おかえりなさい」

母が厳かに言った。それからお茶を出され、渇いた喉を潤してから切り出す。

「実は昨日なんだけど、……」

そこで久則は、昨夜重利が本拝殿にやってきた話をした。もちろん、池森のことは伏せた。

「重利さんが来たの？」

「ええ。中へ入られそうになって焦りました」

あの瞬間のことを思い出すと肝が冷える。あやうく、重利とも肉体関係を持つことになってしまいそうだった。

「なんで焦るのよ」

だが母は不思議そうに問いかけしてきた。

「焦りますよ、だって、男同士ですよ？」

「そうね。それがどうしたの」

母が首を傾げる。意味が分からないといって風情だ。

「だって、もし中に入ってきたら、……その、契らなくてはならない……と……」

「は？」

母の聞いたことのないような声が、久則の語尾を奪った。

「そんなの、無理にしなくていいのよ」

当然じゃないと言わんばかりの顔で言われて、久則は固まった。そのまま母の言葉を理解するまで、かなりの時間を要した。

無理にしなくていい。……何を？

「――なんですって」

やっと絞り出した声は震えていた。

「あくまで言い伝えよ。昔はそういうこともあったかもしれないけど、今はそんなことしなくたっていいの」

「でも、ばあちゃんが……」

幼い頃の記憶が蘇る。祖母は久則に、噛んで含めるように教えてくれた。それを母もよく知っているはずだ。

「そう話しておけば、中に誰も入って来ないからよ。大体、このご時世にそんな話があるわけないでしょ」

「そんな……」

目の前が真っ白になった。もしそうだと知っていたら、池森とあんなことをしてなくも……。

「あらやだ、まさか久則が、この年になるまで信じているとは思わなかったわ」

肩を震わせて笑う母を前に、久則は脱力した。

言いたいことはいっぱいある。ありすぎてどこから切り出せばいいのか分からないほど。とりあえず口元を手で覆った。そうしないとやみくもに大声を上げてしまいそうだ。

「寿子に話してこなくちゃ」

楽しそうに言った母を制止する。

「母さん、ちょっと待って。さっき、寿子に会って、……それで、重利さんにはちゃんと謝るように言いました」

顔を強張らせた母に向け、言いたいことをまとめないまま口を開く。

「どう考えたって、重利さんには失礼なことをしています。まずはそれを謝罪しないと。彼は幼い頃から、寿子を守って来てくれた大切な人なんですから」

そうね、と母は神妙に頷いた。

「昨日は私も浮かれていたわ。重利くんにどれだけ失礼なことをしたか……」

母はそこで、久則が予想もしていなかった言葉を続けた。

「私が悪いのよ」

肩を落とした母の声は震えていた。

「母さんが？」

「ええ。寿子はね、高校に入る頃には重利くんが嫌だって言ったの。それでも私は、もう決めたことだから、と寿子に我慢するように諭したわ」

小さく消え入りそうな声で、母は続けた。

「でも薄々は分かっていたの。重利くんはいい子だ、そう信じてきたけど……本当は、寿子に執着しているだけだって。時間があっても神職を得ようともしないわ。……うちの手伝いに来てくれる時も、何かしているように見えるけど、実際は何もしていなかった。氏子さんたちからもどうにかしろと言われているわ」

気がついていたかと聞かれ、久則は首を横に振った。

「そうでしょう。調子がいいのよ。それなのに、私はそれが分からなかった。家のことばかりこだわって、娘のこともちゃんと考えて無かったのよ。婚約してから、うちの婿には入れないと言って揉めた辺りで、おかしいって気がつかなきゃいけなかったのに……。自分が情けないわ」

母が俯く。そうするとひどく小さく見えて、久則は焦った。いつの間に自分は、母よりもこんなに大きくなっていたのだろう。

「重利くんには、お父さんを連れてお詫びに伺います。あなたは心配しなくて大丈夫よ。あとそうね、寿子にも、物事の順序を守らなかったことは反省してもらうわ」

「……そうしてください」

それが寿子のためになると信じて、久則は頷いた。

「そうやって学んで行かなくちゃね。あの子の選択が正しいのかどうかは分からない。それでも、母親になるなら強くならなければいけないの」

そう言った母親の顔は、いつもより優しかった。

「あなたもいい人がいたら連れてきて」

　そう続けられて、久則は目を泳がせた。

「……俺は、その……」

　つい昨日、同性の恋人ができただなんて口が滑っても言えそうにない。

「あら、どうしたの？」

　母が訝しげに眉を寄せた。

「もしかして、何か事情のある方とお付き合いしてるの？」

「いえ、……そういうわけでは、ありません」

　始まったばかりで、未来のことは分からない。だけどなぜか、いつまでも池森は自分のそばにいるような気がしてる。恋の始まりだからこその思い込みか、それとも確信か。

　少し先のことを思い浮かべる。家族に恋人がいると紹介する。同性だということが分かれば反対される。それでも、きっと母も父も、池森の人当たりの良さに心を許していくだろう。寿子など、かっこいいと騒ぐかもしれない。

　そうして自然に神島という家にも島にも溶け込む姿を考えると、自然に笑みが零れた。あくまで希望的な観測だ。現実はそんなにうまくは進まないと分かっている。

　それでも、可能性はゼロじゃないと思えた。

「では、俺はもう帰ります」

「ええ。お疲れ様。気をつけてね」

母に見送られ、自宅へ出る。着替えて体を清めてから離れへ荷物を取りに行った。それから父と寿子に帰ると告げて、駐車場に向かった。

久則の車の横には、池森が立っていた。

「終わったのか」

「ああ。もう帰れる」

母から真実を聞いた今、彼の目を真っ直ぐに見られない。俯いたまま車に乗り込む。池森は助手席だ。

「行こう。船の時間までそんなに余裕がない」

「ん、どうぞ」

エンジンをかけてアクセルを踏み込む。太陽の光を浴びた木々の鮮やかさを感じながら、狭い道を進む。

「――なあ、なんでそんな怒ってんの」

拗ねたような声が助手席から聞こえる。久則は口元を引き結んだ。

今更言えない。まさか本拝殿の話が、過去のことだったなんて。

真っ直ぐ前だけを見る。これは絶対に秘密だ。一生、心に仕舞いこんでおこう。

「おい、ちょっと待て」

池森に制されて、慌ててブレーキを踏む。人の姿はないが、動物でも飛び出したか。

「……なんだ？　何か……っ……」

いきなり手を引っ張られたかと思うと、次の瞬間には唇を塞がれていた。

「……！」

驚いてすぐに顔を引いた。だがいつの間にか後頭部に回っていた手が、久則の動きを封じる。

目を閉じる間もなかった。視線を絡ませたまま、唇を吸われる。更には隙間から舌を差し込まれ、歯並びを確かめるように舐められた。

優しい口づけに酔い、目を閉じようとして、気づいた。ここは車の中だ。慌てて池森から離れる。

「運転中になんてことをする」

周囲を伺う。誰もいない確認をして、胸を撫で下ろした。こんな場面を見られたら言い訳できない。開き直るにはまだ覚悟が足りなかった。つまり今はまだその時ではないということだ。

「何も言わないから、キスを待ってるのかと思ったんだよ」

「そんなはずがあるか」

まだ感触が残る唇を手の甲で拭う。頬が熱くて仕方がない。

「急いでいると言っただろう。……もう行くぞ」

真っ直ぐ前を見る。シフトレバーに置いた手に、池森の手が重なった。

「別に最終のフェリーじゃないだろ。ゆっくりして行こうぜ」

「そういう問題ではない」

手を振り払う。すると今度は、二の腕を掴まれた。

「人も車もないんだ。少しくらいいちゃいちゃしようぜ」

「馬鹿を言うな。ここをどこだと思っている。昔は参道でもあった場所だぞ。神様に失礼だ」

ため息をつこうとしたその時、池森が顔を寄せてきた。

「愛し合う二人を引き離すほど神様は野暮じゃない。許してくれるさ」

池森は有無を言わさず久則の唇を塞いだ。

この調子では、ずっとこの男に振り回されそうだ。そう思いながら、久則は彼の肩に手を回した。

あとがき

はじめまして、またはこんにちは。花丸文庫BLACKさんでは主にエロい双子が出てくる複数物を多めに書いております、藍生有《あいおゆう》と申します。

この度は「宵巫女の愛舞《あいぶ》」を手にとっていただき、どうもありがとうございます。


さて、今回はBLACK牧場ですが一対一です。初めて二人ともサラリーマンです！

はじまりは、会社員だけど巫女です、という受はどうだろうかと思ったことでした。巫女リーマンいい！　から始まり、久則《ひさのり》というキャラクターが完成。生真面目にはチャラ男という私の中の萌え法則によって池森《いけもり》が生まれました。

いつも色々とおかしい攻を書いているので、久しぶりにまともな攻と思って書き始めたのですが、なんだか池森の様子がおかしくなったような気もします。とにかく、大好きなチャラ男攻×生真面目受が書けて嬉しかったです。

少しでも楽しんでいただければ幸いです。

イラストの嵩梨《たかなし》ナオト先生、素敵な二人をありがとうございます。表紙の久則がとても美しくてうっとりです。池森もかっこよくて、これならあの言動も許される気がしました！

お忙しい中、どうもありがとうございました。

担当様。いつもBLACK牧場に放牧ありがとうございます。今回も首の不調などで多大なご迷惑をおかけいたしました。本当に申し訳ありませんでした。これ以上お手数をかけないように頑張りたいです。

花丸BLACKさんで次にお会いできるのは、エロ双子になると思います。書きたいものは双子をはじめとしてたくさんあるので、順番に妄想を形にしていけたらいいなと願っております。昨年末から首を痛めたり体調を崩したりして多方向にご迷惑をおかけしていますが、なんとか持ち直していけるよう頑張っています。お見かけの際は、ぜひ手にとってやってください。

最後になってしまいましたが、この本を読んでくださった皆様に深くお礼を申し上げます。サラリーマン巫女、楽しんでいただけたでしょうか。

細々とではありますが、同人誌活動もしております。興味を持たれた方は、返信用封筒を同封の上でお問い合わせください。

ご意見・ご感想などもお寄せいただけると幸せです。お伝えそびれておりましたがツイッターもやっています。名前で検索してみてください。

それでは、またお会いできることを祈りつつ。

二〇一三年　七月

藍生　有

http://www.romanticdrastic.jp/

作家・イラストレーターの先生方へのファンレター・感想・ご意見などは
〒101-0063東京都千代田区神田淡路町2-2-2
白泉社花丸編集部気付でお送り下さい。
編集部へのご意見・ご希望などもお待ちしております。
白泉社のホームページはhttp://www.hakusensha.co.jpです。

花丸文庫 BLACK

宵巫女の愛《あい》舞《ぶ》

2013年8月25日　初版発行

著　者　藍生 有 ©Yuu Aio

発行人　藤平 光

発行所　株式会社白泉社
〒101-0063 東京都千代田区神田淡路町2-2-2
電話 03(3526)8070[編集]
電話 03(3526)8010[販売]
電話 03(3526)8020[制作]

印刷・製本　図書印刷株式会社
Printed in Japan　HAKUSENSHA
ISBN978-4-592-85111-0

定価はカバーに表示してあります。